U0028759

世界盡頭的聖騎士 I 死者之街的少年

Contents

I
柳野かなた【畫】輪くすさが
世界盡頭的
聖騎士
死者之街的少年
A boy was be reborn the Deadman's lan

——凝視黑暗，傾聽沉默，思考死亡。

——光明唯在黑暗之中、言語唯在沉默之中、死唯在生之中存在。

『燈火之神葛雷斯菲爾的箴言』

序章

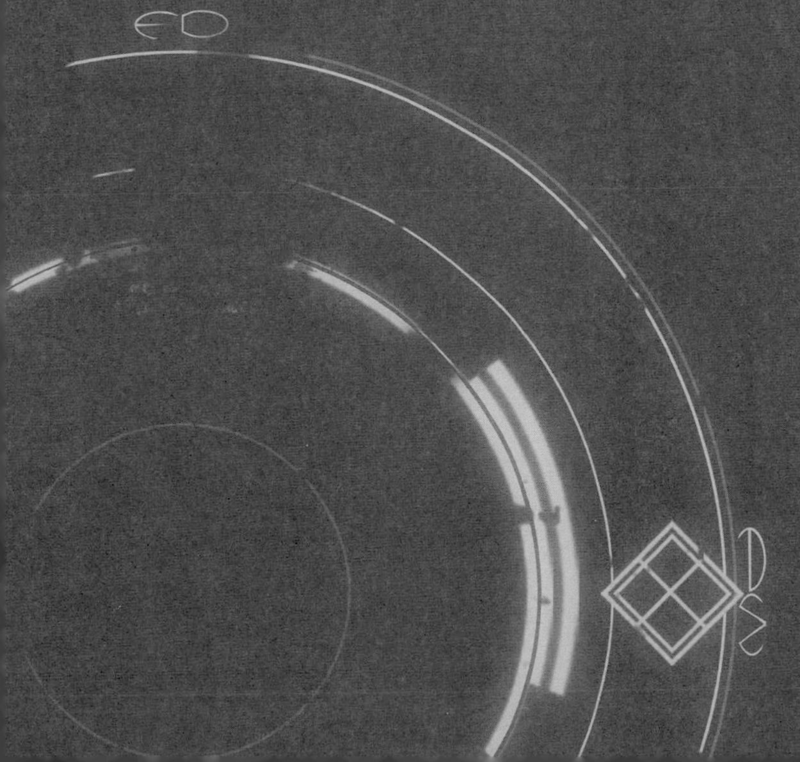

關於死亡的記憶，是模糊而混濁的。

我的日子有大半時間都在昏暗的房間中度過。

……因為我失敗了。不知道在哪個環節失敗了。結果變得幾乎沒辦法走出家門。

家人們總是用曖昧模糊的態度對待我。

他們沒有罵我，也沒有為我嘆息。只會對我露出含糊而感到傷腦筋似的笑臉，用陳腐的話語安慰我，然後一如往常地對待我。

或許那是出於他們的溫柔，又或許是他們也不知道究竟該怎麼做才好吧。

不管怎麼說，那對我而言非常難受。

……不知不覺間，認為『不能繼續這樣下去』的焦躁感開始在心中燃燒，使我不禁想攪動自己的胸口。

過起來舒適卻又不太舒適的房間與自家；對於外面的世界深植心中的痛苦與恐懼；始終善良溫柔，什麼也不多說的家人們。

對於這些，我連踏出小小的一步都感到猶豫不決。

……也許我本來還有挽救的機會。

在遭遇失敗的隔天。

或是再隔天。

一週後。

一個月後。

一年後。

甚至十年後。

只要我往前踏出一步，搞不好就能有所改變了。

然而我卻裹足不前，沒能踏出步伐。

連踏出那麼一小步的勇氣都沒有。缺少能讓我踏出那麼一小步的『什麼』。或者是我在找藉口，告訴自己欠缺了些『什麼』。

就在我遲遲踏不出腳步的過程中，說服自己放棄的理由卻越積越多。

已經太慢了。

已經無法挽回了。

已經不知道該做什麼才好了。

事到如今才做些什麼，也只會被大家取笑而已。

……明明焦躁感不斷湧上心頭，卻不管做什麼都覺得無力；明明想往前踏出一步，卻對踏出步伐感到恐懼；明明想做些什麼，卻不知道該從何做起；明明活著是如此痛苦，卻又沒有尋死的激情。

於是我就像一灘淤塞的死水，只是將擺到眼前的食物放入嘴巴，浪費著廉價的娛樂，在惰性中活著。畏懼失敗，對終將到來的毀滅視而不見，即便抱著些許的自覺，也依然讓自己沉浸在這樣的愚蠢之中。

我之所以對死亡的記憶會如此模糊，想必是因為我對自己是否活著都感到很模糊而混濁吧。

昏暗的房間。日夜顛倒的生活。螢幕的光。敲打鍵盤的聲響。斷續而混沌的記憶。

在那之中，還有稍微比較鮮明的光景。

引擎運轉的聲音。載著白色棺木的推車經過眼前。伴隨無機質的機械聲響，火葬爐的門板緩緩關上的聲音。

那是在我朦朧的記憶中難得稍微清楚的、關於我父母過世的片段。

看著化為骨灰的雙親，我不記得自己究竟有沒有流淚。一切有如在濃霧之中。從記憶唯一可以知道，就算想要以此為契機讓自己踏出一步，也全都已經太晚了。

於是我再度回到含糊的日子……然後在不知不覺間中斷了。

關於死亡當時的記憶相當模糊而混濁。

大概是因為我連活著都很模糊而混濁的關係吧。

閃爍而朦朧的記憶；擾亂胸口深處的苦痛；落下淚水，發出呻吟。痛到後來，連呻吟也發不出了。

眼前的一切漸漸轉暗。

——在最後，我似乎看到了一盞微弱的燈火。

◆

「嗚哇……」

從模糊而混濁的記憶中，我睜開了眼睛。

看到昏暗的天花板……接著，一顆骷髏頭忽然出現在我眼前。

在空洞的眼窩中燃燒著藍色鬼火的骸骨讓下顎骨喀喀作響，朝我緩緩伸出手臂。

「……！」

我當場發出慘叫。忍不住發出的慘叫聲，聽起來莫名尖銳。

簡直就像什麼年幼的孩童。正當我這麼想的時候，突然察覺到某種不太對勁的感覺。

我在情急之下揮動的手臂異常短小。肥嫩而短小的手臂……是嬰兒的手臂。

不對，現在更重要的是眼前的骷髏啊。而且這裡究竟是什麼地方？到底發生了什麼事？

陷入驚慌的思緒到處亂跳，靜也靜不下來。

總之，現在要先試著讓自己冷靜才行。冷靜下來，好好觀察狀況——

「■■■■……」

骷髏用只有骨頭的手指輕撫了我一下。

「嗚哇啊啊啊啊啊……！」

這狀況下怎麼可能冷靜啦！我不禁在內心臭罵著，變得更加混亂。

是會動的骸骨。是鬼怪。是靈異。是超自然現象啊。

突然遭遇這樣的怪物，任誰都會感到恐怖的。我也一樣。

而且我自己也不知道為什麼似乎變得又小又年幼。即使記憶曖昧模糊，我也記得自己應該是身高不算矮的瘦高型身材才對。

但是那記憶卻和我現在的身體感覺完全搭不上。

簡直就像長大成人之後跨上自己小時候騎的三輪車一樣，甚至更嚴重。

無論我在手臂中如何掙扎，他始終很有耐性地搖晃著我的身體。

那骷髏似乎很傷腦筋地單手把我抱了起來，有節奏地緩緩搖晃。

「■■■■……」

「啊……」

此時我才總算注意到了。

那骷髏搖晃我的動作即使笨拙，卻非常溫柔。

雖然大概是因為還不習慣而顯得粗魯，再加上他的手臂都是骨頭，一點也不舒服……不過他似乎並沒有要把我吃掉的打算。或許。當然我的觀察力沒有強到可以看出骷髏頭的表情，所以我無法斷定，也沒辦法完全放鬆警戒就是了。

但我總覺得這個骷髏的動作果然充滿溫柔的感覺。

在他眼窩中搖曳的藍色鬼火，仔細看看好像也頗和藹的。

「…………」

感受到這些，我總算稍微冷靜下來。

……現在到底是發生了什麼事？

感到疑惑的我決定暫時把注意力從骷髏身上移開，望向周圍。

雖然我連脖子也沒辦法好好轉動，不過可以看到幾根又粗又壯觀的柱子，以及好幾道拱門。天花板的正中央有個採光用的圓形開口，光線從那裡微微照下來。感覺應該是在什麼建築物內沒錯，但看起來莫名古老而莊嚴。我不禁聯想到以前在照片中看過的古代羅馬帝國萬神殿（Pantheon）。

然而，除此之外的狀況我還是搞不懂。

只知道眼前有具骸骨屍體在動，然後我似乎變得又小又年幼。

在腦內確認了這些事情後，我想要進一步尋找線索，可是思緒卻開始模糊起來。

大概是因為身體動過之後變得想睡了。

「啊……」

骷髏這時又用笨拙的動作想要哄我睡覺。

我的身體有如乘著平靜的水波，被緩緩搖動。
感受著那樣溫和的波動……我再度進入了睡夢之中。

◆

醒來後，眼前是個看起來個性乖僻的鷹勾鼻老爺爺。
他的身體蒼白，而且呈現半透明的狀態。怎麼看都是個幽靈。
「——！」
我把尖叫聲吞回肚子的同時，身體忽然被抱了起來。
於是我抬頭一看，發現抱起我的是一個乾癟的皮包骨女人。是木乃伊。
「～～～！」
我拚了命忍住尖叫。
結果有另一道影子將頭探了過來。是我睡前遇過的那個骷髏。
「嗚哇啊啊啊啊啊！」
終於，我還是發出尖叫了。不斷哇哇大哭地掙扎起來。
「嗚……」
然而大概是因為這個身體的緣故，我漸漸感到又累又餓，沒力氣繼續亂動。

「■■■■■……？」

幽靈老爺爺這時探頭看向我的臉，接著對女木乃伊講了些什麼話。結果女木乃伊不知道從哪裡端出一個碗，用湯匙舀起裡面類似白粥之類的東西，遞到我嘴巴前。

……我不禁感到猶豫。或者應該說，沒有讓我不猶豫的理由。

被一具乾枯的木乃伊把不知名的食物放到嘴前，我想絕對沒有人會乖乖把嘴巴打開的。

如果講『木乃伊』不太容易想像，那講歷史課本上的『即身佛』應該就比較好理解了。也就是最終變得像枯樹一樣乾癟的人體。我想應該沒有人會想要被那種存在餵食東西……就算真的有，至少我也不會想要跟那樣的傢伙交朋友。

話雖如此，但我現在實在餓到受不了了。而現狀看來我沒有其他攝食的手段。再加上也許是身體變小造成的影響，食慾和睡眠慾都強烈到教人難以抵抗。

不管啦，豁出去了！於是我開口吃下眼前的食物……

「……！」

沒想到它相當美味。

雖然在我的記憶中，幼兒食物的味道應該很淡才對，不過大概是我的味覺也變得符合我現在的年齡了吧。

骷髏彷彿在表示『很乖很乖』似地摸了摸我的頭。

「哇……？」

同時，我發現一件意外的事情。

把東西吃進嘴巴我才注意到，自己口中沒有牙齒。

怪不得講話的時候會感覺不太對勁。

……原來幼兒是沒有長牙齒的啊。我第一次知道。

如果我有過育兒經驗，或許現在就能以此為線索，推測自己大約是在哪個發育階段了。

例如說『哦哦～牙齒還沒長出來不過已經沒在喝母乳，那應該是出生後幾個月大了吧。』這樣。

然而在我的記憶中，根本不存在像『育兒經驗』這種溫馨又充滿家庭氣氛的片段。對於大家成長到某個年齡後通常都會知道的事情，我一點都不曉得。

……自己是多麼膚淺的一個人啊。我不禁這樣覺得。

只會累積一些淺薄的知識，徒讓歲數增長，然後就死了——

「啊。」

——對了。

我死了。那個時候，我確實是死了。

即使在朦朧而混濁的記憶之中，我依然強烈記得死亡時感受到的苦痛。

「…………」

被會動的屍體包圍、讓人什麼都搞不清楚的這個世界，該不會就是所謂死後的世界吧？

如果世上真有神明……難道這就是對我的懲罰嗎？

◆

後來大概經過了半年。

之所以會說『大概』，是因為我反覆睡睡醒醒，沒能清楚區隔每一天時間的關係。

嬰兒這種存在真的是很會睡，然後又很會因為肚子餓而醒來。

奇妙的感覺宛如沉浸在夢境或幻覺之中，也多虧如此，即使整天躺著也不會讓人無聊到瘋掉。

至於這段日子中我得到的情報，頂多就是確定這並不是什麼夢境或幻覺而已。

如果這是什麼夢境或幻覺，也未免太生動、太有現實感了。一個人究竟要怎麼樣才會夢到自己被會動的屍體換尿布什麼的嘛。

……如此這般，年幼到連移動身體都只能靠爬動的我，每天過著被三名死人照顧的生活。

在這樣的日子中，我也自然而然漸漸理解那些死人們講的話了。

印象中好像有哪位語言學家提出的理論是，嬰兒的腦袋其實並非完全空白，而是與生俱來就有構築系統性語言的機能，然後會以此為基礎，透過外界給予的聲音學得語言。雖然我的記憶很模糊，不過看來知識方面還記得不少的樣子。

「拔～拔～……」

我使用還沒辦法好好控制的喉嚨與舌頭，試著發出單字的聲音，卻怎麼也不順利。

總覺得是因為死亡前的身體感覺還殘留著，導致現在產生了不協調。『講話』這種過去根本沒特別去注意就能做到的事情，現在卻感到如此困難。同樣地，走路也還走不好。

——要是我今後都這樣沒辦法好好動、沒辦法好好講話該怎麼辦？這樣的恐懼不禁湧上我的心頭。

「乖喔，想抱抱嗎？」

大概是察覺到我心中的恐懼，女木乃伊露出想要讓我安心的微笑。

這位身上穿著造型宛如古代神官、看起來古老破舊長袍的女性，被其他兩人稱呼為「瑪利」。

雖然我覺得評判一位女性，而且還是木乃伊的美醜似乎不太好，不過我想她生前應該是很美麗的女人。身材苗條纖細，總是微瞇著眼皮的模樣讓人覺得嫻淑。枯木樹皮般的肌膚上看不到明顯的傷痕，而且隱約可以窺見她生前五官端整。帶有捲度的一頭金髮即使在歲月摧殘中失去了光澤，也依然髮量豐富而美麗。

「今天就到外面稍微散散步吧。」

……！她願意帶我出去嗎！

「呵呵，瞧你那麼開心。」

看來我把心情寫到臉上了……畢竟我一直很在意這座神殿（？）的外面啊。

但是靠我這個身體實在無法走出去一探究竟，只能痴痴等待別人帶我出去的機會。

「來。」

我的身體被抱了起來，同時讓我微微聞到一股氣味，但並不會讓人感到不快。

大概是什麼香木之類的吧。感覺就像和藹可親的老奶奶身上飄出的線香氣味。

「……噠～」

我稍微安心下來，沉浸在那香氣之中。

在昏暗的神殿內，瑪利抱著我一步一步走著。

不同顏色的四角形石頭交互拼成的地板。在上方遙遠處的巨大半球形天花板，以及透過其頂點處如眼睛般打開的天窗微微透進屋內的光線。

牆壁上有外凹的半圓形後殿，裝飾得宛如神廟，裡面可以看到應該是這座神殿祭祀的各種神明雕像。

隨著瑪利往前走的腳步，那些神像陸續經過我眼前。

右手高舉一把象徵雷電的劍，另一手拿著一個天秤，莊嚴而充滿威嚴的男性。

手臂中抱有稻穗與嬰孩，臉上帶著慈愛笑容的豐滿女性。

背對熊熊燃燒的火焰，手握槌子與鐵鉗，身材矮壯並留有一臉大鬍鬚的男性。

伴著象徵風吹拂的雕飾，笑容親切可人，手拿酒杯與金幣，姿勢富有躍動感但性別不詳的年輕人。

腰部以下浸在清淨的水流中，一手拿弓，另一手伸向類似妖精的存在，身上套著一件薄布衣裳的美麗年輕女子。

某種文字刻滿背景，手中有拐杖與打開的書本，看起來很博學的獨眼老爺爺。

這裡信奉的應該是多神宗教吧。我心中不禁如此想著。而且光是看神像的樣子，感覺多多少少就能知道是何種信仰的神明。

然而，下一尊雕像我卻怎麼也看不出來。

背景什麼東西都沒有，大概是想表現黑暗吧。神像身上的長袍頭罩蓋過眼睛，散發出陰森的感覺，也搞不清楚是男還是女。

要說唯一的特徵，就是手上握著一盞握把很長、外觀像提燈的燈火。乍看之下甚至給人宛如死神的印象。

……那雕像手上的燈，讓我莫名感到在意。

但瑪利當然不知道她抱在懷中的我究竟在想什麼，便繼續往前走去。我即使視線緊盯著，那雕像還是很快就從我眼前消逝而去。

……以後總有一天可以再仔細觀察吧。我只能這麼想著，揮散心中莫名不捨的感覺。

隨後，我們漸漸遠離天花板上那塊有如眼睛的天窗，四周變得相當陰暗。唯有腳步聲不斷迴盪。

到了深處一座刻滿藤蔓雕飾的拱門下，瑪利伸手推開沉重的鐵門。

光線從軋軋作響的門板縫隙間透進室內，緩緩朝左右延展。

打開到充分的寬度後，瑪利便踏出屋外。

「啊…………」

我眼前的視野豁然開朗。

一陣清爽的微風吹過。

清晨時分的山丘麓下，在晨霧中微微顯得模糊。沿著廣大的湖岸邊，有一座石造建築的都市。給人感覺就像中古世紀的城市，有高高的塔，也能看到美麗的拱門接連而成、類似高架渠的建築物。

……全部都是古老破舊的廢墟。

隨處可以發現建築物的屋頂坍陷，外牆的灰泥斑駁不堪。街道的石板縫隙間雜草叢生，綠藤與青苔到處攀爬、附著在屋子上。過去想必曾有人居住的城鎮，如今在一片青綠中宛如沉睡般慢慢腐朽。

緩緩升起的朝陽溫柔地照耀這一切。

我不禁睜大了雙眼。

那真是一片美麗的光景，甚至足以震撼一個人的靈魂。

我頓時有種彷彿一陣風從腳底吹向頭頂天際的感覺。腦袋不可思議地漸漸清醒。全身所有的細胞都感受到這個世界。

……我覺得自己好像回想起了某種不知被遺忘在何處的寶貴東西。

淚水不知道為什麼湧上眼眶。即使我緊閉嘴脣試圖忍耐，眼淚還是一滴接一滴地不斷溢出。

我度過了一段極其曖昧而混濁的人生，最後也在那樣的模糊之中死去。

所以我曾經以為自己會在這樣的世界醒來，搞不好是上天給我的懲罰。

然而，這才不是什麼懲罰。

雖然我不清楚這裡究竟是何處，也不知道發生了什麼事。

但這肯定是上天的恩寵。美妙到教人驚訝的恩寵。

明明也沒有這麼做的必要，卻有人將我曾經在浪費之中捨棄的東西又再度賜給了我。

那是何等溫暖而幸福的禮物啊。我不禁有這樣的確信。

「真是漂亮呢，威爾……可愛的孩子。」

我聽到了瑪利的聲音。

威廉，暱稱威爾。是我的名字。

那三人為我取的名字。

我死前的名字已經被吞沒在模糊與混濁之中。因此這個名字就是我現在的名字。這個小小的身軀就是我的身體。

原本聽起來像是別人名字的聲響，原本彷彿不屬於自己的身體，在此刻就像是互相咬合似地讓我有種熟悉的感覺。

「啊……啊……」

我想要說些什麼，卻只發出了混著淚水的聲音。但我不以為意，繼續用不成熟的聲帶發出聲音。

……我決定了。

我這次一定要好好做。

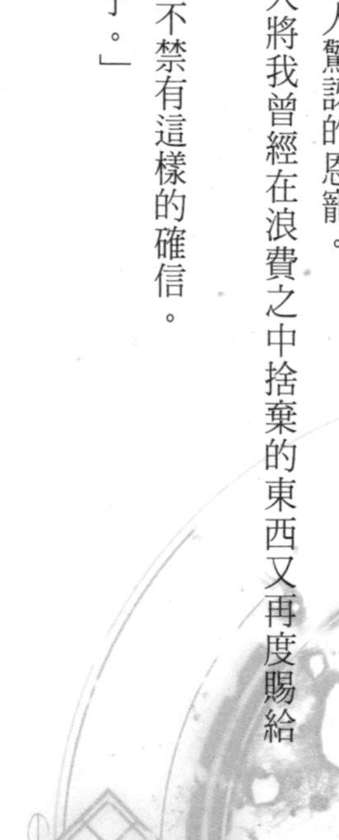

在瑪利搖著我的身體哄我的同時，我在心中下定了這樣的決心。

現在的我什麼都還不知道。究竟這裡是怎麼樣的世界，自己為什麼會生在此處。不過，那種事情只要今後慢慢理解就好了。

即使只懂得淺薄的知識，什麼事也做不到，只要今後慢慢學習讓自己做得到就好了。

停滯不前、縮起身體放棄一切的生活，我已經受夠了。就算失敗也沒關係，樣子難看也沒關係，全身沾滿泥巴也沒關係。

我這次、這次一定要認真活下去。在這個世界，好好活下去！

伴隨宛如新生嬰孩哭啼般的叫聲，我對自己如此發誓。

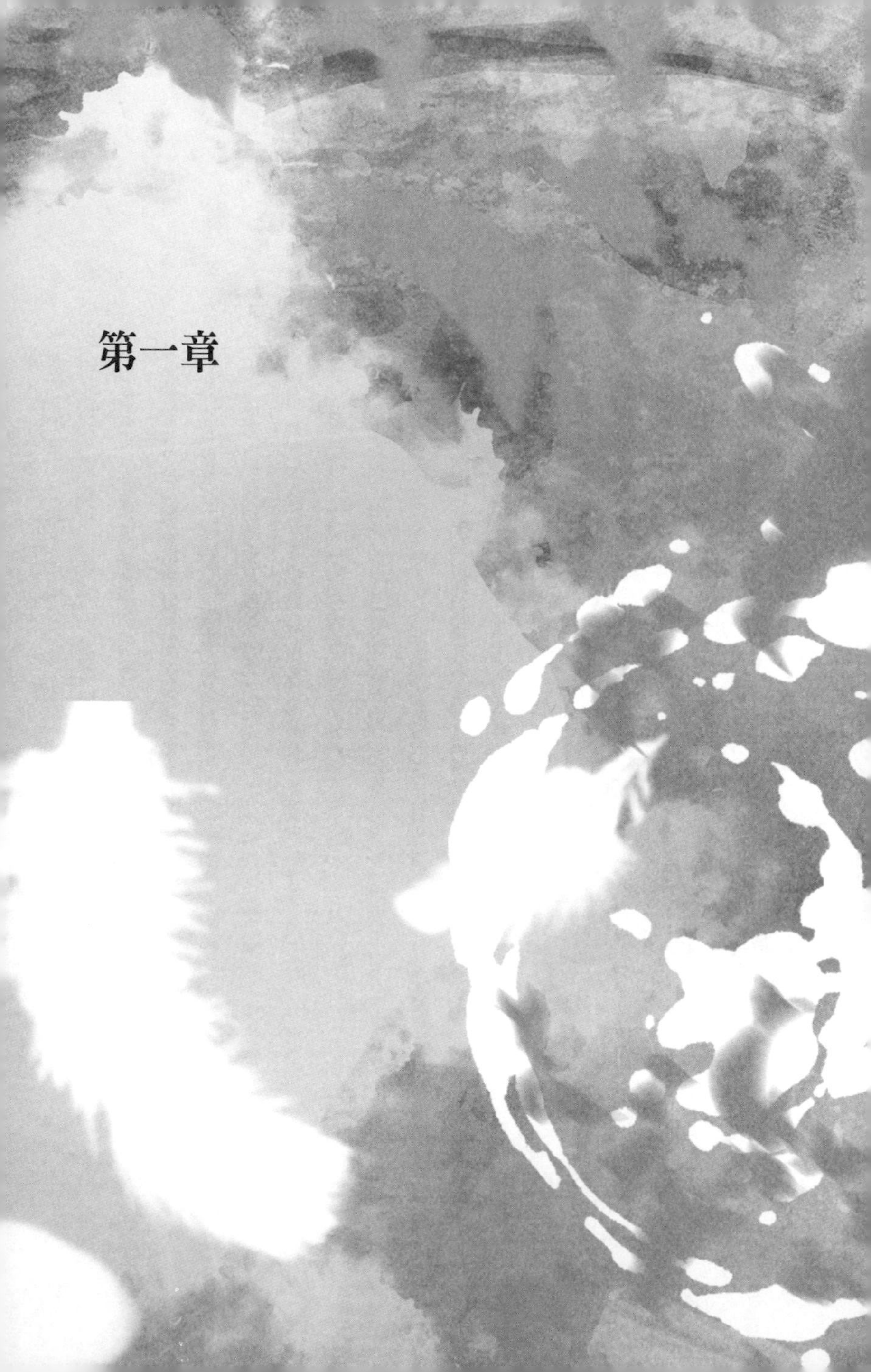

第一章

眼前有個天使。

一頭淡栗色的微捲髮、深藍色的雙眼，臉色看起來相當健康的幼兒。

「……這就是、我啊。」

在神殿角落的道具櫃上找到一面古老化妝鏡的我，想說是個確認自己現在長相的好機會而用雙手拿起鏡子一看，發現比想像中的還要可愛。

唉呀，畢竟我現在還是個小孩子，當然看起來多少會比較可愛。不論是誰，孩童時代的可愛程度都會增添個十分左右的。就算是滿臉鬍鬚的冷酷男子，翻開相簿一看也會發現兒童時代的他有多麼惹人憐愛。

「……嗯。」

我輕輕把化妝鏡放回原本的位置，然後握起拳頭、張開。再握一次，再張開。

這雙肥嫩柔軟的小手，就是我的手。

……從那天之後，經過了一年又幾個月的時間。

教人驚訝的是，自從那天我接受了自己現在的名字與身體後，操控身體時不協調的感覺便急速消解。

死亡前操作身體的感覺變得稀薄，現在這嬌小的手腳就是我的手腳。意識與肉體徹底互相咬合，讓我很快就學會搖搖擺擺地走路，即使還不流暢也能夠講話了。

這一年來，我每天專注於反覆練習走路，並透過和瑪利他們的對話來學習語言和發音。

即便如此，我現在還是偶爾會跌倒。應該是因為這個時期的身體還很小，頭還很大的關係吧。

也或許是因為我的視野、平衡感以及肌肉都還不成熟的緣故。順道一提，我對疼痛的耐受性也還很弱，所以當然每次跌倒都會哇哇大哭。

不過我還是一點一滴在進步著。也許對幼兒來說這些進步都是理所當然，但進步就是進步。我已經從只會爬只會哭的嬰兒進步到可以上幼稚園或托兒所的程度了。

所以差不多來挑戰下一個課題吧。

我下定過決心，要在這個世界好好活下去。要鍛鍊出強健的身體，並一件事一件事不斷學習。因此首先就是——

◆

「唔，你想學習文字……？」

在神殿深處的幾間小房間之一，石頭堆砌成牆壁的室內，擺有木製的小椅子與頗像個樣子的書桌。牆壁外凹形成的凹室還有一張睡起來應該很舒服的床鋪。

而在我面前則是一名眼神恐怖、感覺個性乖僻的鷹勾鼻老人，交抱手臂摸著他的下巴。

披著一件寬鬆長袍的身體呈現半透明，有如氣體般讓人碰不著。或許可以稱之為「靈體」吧，簡單講就是個幽靈，ghost。

「嗯，拜託你啦，古斯。」

他的名字叫「古斯」。雖然正確來講好像叫「奧古斯塔斯」的樣子，不過因為太長了，所以瑪利他們都是用簡稱在稱呼。

而我現在正在拜託他教我文字。

當然，老實講，比起文字什麼的，我有許多更想問的東西。像是關於這個世界的事情，以及存在於自己腦中的這些記憶等等。然而一個還年幼的小孩子透過不成熟的詞彙詢問這些東西，終究只會得到相應的回答而已。

例如說，假設被幼童詢問「太陽為什麼會發光？」這種問題，會有人根據天文、物理或核融合理論向他深入說明解釋嗎？

通常是不會的。應該都會用「太陽公公是為了照暖大家，所以在努力發光喔。」之類的方式回答吧。

而實際上，我也曾經試著問了一下關於這個世界的事情，但大家都是像這樣含糊帶過而已。

因此像這類的東西現在問還太早了。我必須先累積一定程度的學識，讓對方認定我是可以進行這類話題的對象，才有辦法問出個所以然。

「嗯～文字。文字嗎……得不到什麼好處的事情，老夫可不想做。再說以你現在的年紀還太早了。」

「可是我很在意啊。」

「還太早了。」

古斯一副嫌麻煩地揮揮手想趕走我。

相對於總是很照顧人的木乃伊瑪利，或是不管怎麼樣到頭來都會理睬我的骷髏人布拉德，這個幽靈古斯對我的態度始終相當冷淡。即使對我做出什麼刻薄冷落的事情也都不以為意，我拜託他事情也經常會很不耐煩地當場拒絕。

在個性上也很傲慢又乖僻，因此我平常都會稍微和他保持距離……然而要說到這三人之中誰腦袋最好，我想毫無疑問就是古斯了。從他講話時的遣詞用字以及表達方式也可以窺見他的博學。

「可是我就是很在意嘛。」

「吵死人了。」

「吶～！我很在意嘛～！拜～託～啦～！」

因此，我決定用符合現在還是小孩子的方式，試著跟他耍賴要求。

……像這樣以小孩的身分向家長撒嬌，已經是多久以前的事了？

我莫名覺得懷念，而感到有趣起來。

「吶～！吶吶吶～！古斯，拜託你嘛！拜～託～你～！」

連我都覺得自己有夠幼稚了。大概是精神有受到肉體影響的傾向吧。

話說，我現在的腦袋也是小孩子的腦袋啊……但既然這樣，我這些成熟的意識和感覺又是怎麼回事？總覺得如果太深入去思考，應該會深陷大腦、精神或靈魂相關的迷宮之中吧。

所以我就別想太多，繼續跟古斯吵鬧好了。

「…………啊～夠了！知道啦，老夫知道了。」

真是受不了小孩子。古斯如此喃喃自語後，嘆了一口氣並看向我。

「唉……你說你想學習文字是吧？」

「嗯。」

對於這個世界的文字，我還不是很理解。

「唔……那麼……」

古斯把手伸向擺在牆邊的書架，其中一本書便輕輕飄了過來。

大概是什麼念力之類的東西吧。畢竟連幽靈都有了，這點程度的東西就算有也不奇怪啦。到了最近，我對這些超自然現象也不感到驚訝了。

「首先就從個別的讀法開始吧。」

古斯翻開的書頁上，可以看到類似字母的文字一覽表。不過……

「嗯？這些沒問題喔。」

「沒問題？什麼沒問題？」

「這些，我已經會唸了。」

關於這些文字我已經知道了。畢竟我在這座到處刻有圖畫與文字浮雕的神殿中生活了一年以上，也每天都在聽這三人的對話。

只要將講話時各種發音的使用頻率與文章中文字的出現頻率相互對照，多多少少就能理解了。「E」的發音出現頻率最高，再來是「A」或「T」等等。先根據這些對照一下，接著解析起來就很快。

因此這些我都會唸了。

「……………啥？」

古斯在我面前傻住。

「我是說，這些，我都會唸了。」

「……………這段文章，你唸唸看。」

「『芬芳的花朵在清風吹拂中鮮豔地片片散落。這個世界也不斷在改變，就如同我的生命。』……對吧？」

這點程度根本不算什麼。

「……是布拉德或瑪利教你的？」

「才不是。是我聽大家講話，看那些文字，自己學會的。」

在神殿的生活鮮少刺激，還不成熟的身體即使想動也有個限度。思考的時間自然會比較多，因此我為了排解無聊而每天都在解析文字，當作是解謎遊戲。

「…………威爾。」

古斯沉思了一段時間後，態度認真地向我問道：

「既然這樣，你在意的是什麼？」

「就是在神像的地方那些漂亮複雜的文字。」

根據我對雕刻在神殿各處的文章進行的解讀，這個世界的文字應該是以字母類的表音文字為基礎不會錯。可是在像是神像浮雕之類的地方，偶爾會忽然參雜一些類似象形文字的複雜文字。

關於那些，我怎麼也搞不懂。那究竟是什麼東西，要怎麼唸，或者其實只是類似裝飾的東西嗎……

「你是說《創造的話語》，上古時代的魔法文字啊。」

「創造，魔法。」

……居然連這些東西都跑出來啦。

「唔，這老夫該從何說明起才好……」

「從頭開始。」

就先請他從頭開始說明吧。

反正我現在記憶力還很好，就算記不起來也多問幾次就好了。

「那麼講起來就會很長啦。從前從前，再從前，世界誕生的時候。當時的世界還是巨大而不成形體的瑪那，帶著熱量不斷旋繞，有如煮沸的鍋子般呈現一片混沌。」

……我萬萬沒想到竟然劈頭就是天地創造。

「要、要從那裡開始講？」

「沒錯，要從那裡開始講。」

古斯看起來非常認真。

「在那片混沌之中的某處，出現了最初的神明。

神說『要有大地』，於是在神腳邊的瑪那便凝聚起來，成為大地。神頭上的瑪那變得稀薄，形成天空。就這樣，天與地分開了。

關於這個神的名字並沒有流傳下來，通常都以『創造神』或『始祖神』稱之。」

……聽起來感覺跟聖經神話或是希臘神話的天地創造很相似。

「創造神接著發出《話語》，刻下《記號》，創造太陽與月亮分開晝夜，將水集中分出海洋與陸地。

火誕生，風誕生，草木誕生，而後各種神明誕生，人類與動物誕生了。

如此這般，創造神將世界創造出來後，對那美麗的景象感到滿意，不自覺地呢喃了一聲『好』。然而，創造出『好』的存在，便代表同時會創造出『壞』的存在，就好像凝聚出大地便同時會形成天空一樣。

於是惡意誕生，各種邪惡的神明也隨之誕生了。創造神雖然想收回自己的話，但即便是神也無法將已經發出的話語收回口中。

誕生於世上的邪惡神明們殺害了創造神，生與死的概念便因此誕生。就這樣，眾多的神明們交織出的神話時代拉開了序幕……」

古斯講到這邊停下來，歇了一口氣。

「在這段天地創造中使用過的話語，便是所謂《創造的話語》了。」

原來如此，是這樣接回主題啊。

「換句話說，就是創造了世界的話語？」

「沒錯，正是如此。這個《話語》以及《記號》……也就是文字。話語和文字是擁有力量的。」

力量……力量、嗎。

「可以做到什麼？」

「唔，例如說……」

古斯伸出手指在空中比劃。他的指尖發出神祕的磷光，隨著手指的移動在半空中留下軌跡，寫出兩個美麗而複雜的象形文字。

手指接著輕輕一戳，在文字的最後點出一個點。

「哇！」

就在那個瞬間，我被嚇得全身後仰。因為畫在半空中的文字忽然變成了熊熊燃燒的紅色火焰。火焰在半空中燃燒著，放出的熱透過空氣傳到我身上。是真的火焰。

「夠了吧？」

古斯說著，從口中發出一節、兩節宛如音樂般帶有旋律的話語。結果燃燒的火焰頓時消失，彷彿剛才的一切都是幻覺似的。

我不禁入迷地盯著這些情景。

……是魔法。不是什麼機關戲法，是真的魔法。在這個世界，魔法是存在的。

太厲害了。不知道該怎麼說，總之我忍不住感動起來。太厲害了。

或許有人會覺得光是有幽靈、會動的骸骨和木乃伊就已經夠厲害了，事到如今也不值得那樣大驚小怪，但我還是想大聲主張：恐怖現象或超自然現象和魔法是不一樣的。

「這樣你理解了吧。只要描繪出《火焰(ignis)》的象形文字，就會定義出『火焰存在於此處』而燃燒。然後只要為了熄滅火焰而說出《消去的話語》，火焰便會消失。

這就是《創造的話語》，雖然一般都會稱之為《魔法》就是了。」

我這時在腦中聯想到的並不是電動遊戲中的《魔法》，而是有點年代的奇幻小說中描寫的《魔法》。不是那種只要消費點數就能輕鬆使用的一種技能，而是不能抱著隨便的心態去對待、隱藏於世界背後的古老神祕。

在石造的昏暗房間中，一個鷹勾鼻老人的幽靈得意洋洋地說明著奇妙力量的情景，更是加速我那樣的聯想。

「然而，這個《創造的話語》其實是相當不便的東西。因為力量太強大，讓人連筆記或對話也辦不到。就連創造神也是因為《話語》而創造出邪惡的神明們，進而殺害了自己的生命。」

哦哦，這麼說也有道理。若是只要寫個『火焰』便會當場燃燒，根本就沒辦法隨便寫東西了。

那樣不但極為不便，而且不管怎麼想都會妨礙文明發展，甚至妨礙每天的日常生活。

「於是獨眼的知識神恩萊特便思考、選出了二十個子音與五個母音。為了故意讓《創造的話語》不會發動力量，將文字與發音拆解簡化並打亂，創造出了所謂的《俗用語言》。」

原來如此。

如果用日文來比喻，《創造的話語》就是漢字。要是隨便書寫這些漢字就會冒出火焰或發生爆炸等等，相當危險。因此聰明的神就簡化字體，創造出假名文字了。

……唉呀，雖然《俗用語言》並不是音節文字而是音素文字，所以在性質上與其說是日文假名還比較接近西洋字母就是了。

不管怎麼說，總之那些並不是完全不同系統的語言象徵性地參雜在其中，而是類似漢字與假名混在一起使用的日文，是相同根源的語言。

「你剛才唸的那些就是《俗用語言》，而你不會唸的那些就是《創造的話語》，是上古時代偉大的魔法文字、神明們的《記號》。刻在神殿的那些文字則是透過加上刪除線、故意寫錯一部分或是極端裝飾化讓它們不會發動效果的。」

原來如此。既然簡化文字可以讓效果不會發動，那麼也能像那樣在保留可以判別出原本文字的程度下改變並刻寫在東西上。

至於為什麼不惜做到這種地步也要故意刻上《創造的話語》的理由……只要聽完這些話，我多少就能明白。

「《創造的話語》比起《俗用語言》更貼近神明，因此在為了敬仰神、奉獻神而建的神殿中，自然應當要刻上《話語》。懂嗎？」

「嗯，我懂。」

我點點頭回應。這道理讓人非常能夠接受。

「那麼威爾，說到底，為什麼《話語》會擁有這樣的力量，你知道嗎？」

古斯揚起嘴角對我如此問道。

呃……這狀況下，古斯這個問題的重點應該在於……

「……我想那就跟我們為什麼會把椅子認為是椅子的道理是一樣的吧？」

「唔……」

印象中我好像在什麼地方粗略讀過，我原本所在的那個世界也被認為是透過認識啦、表象啦、觀念等等而形成的世界。

例如說我們只要看到『木製的四腳圓椅子』，無論那是什麼顏色、用什麼木頭製成，明明世上沒有完全一樣的東西，我們依然會認為「這是椅子」。換言之，就是會在腦中標上『椅子』這個話語標籤並歸類。

通常不會有人認為是『四根棒子』與『一塊圓木板』，而且即使同樣是有四支腳的木板也不會認為是『桌子』。另外，如果看到一個人坐在圓椅上也不會認為那是『木材與人類合在一起的東西』，而是分開認識為『椅子』和『人』。

當然若是故意從不同角度去思考，也可以將它看成是『四根棒子』與『一塊圓木板』，或者看成是『許多木材纖維的集合體』。或是像『這張椅子』、『那張椅子』這樣，在同樣是『椅子』的分類中區別各自的存在。

但不管怎麼說，總之我們會透過標上名為『話語』的標籤，將混沌的世界進行歸類、化為觀念便於認識，要不然就根本無法生活了。

就如同剛才那段創世神話所描述的，語言擁有從曖昧模糊中區別世界的力量。

於是，雖然思考了很長一段時間，不過……

「換句話說，《話語》就是能區別、定義這個世界的東西。」

我這麼回答後，古斯大概是感到非常驚訝的關係，當場瞪大眼睛、張合嘴巴。

「……嗚。」

看到古斯那樣吃驚的模樣，我比起驕傲更先感受到莫名愧疚的心情。

因為上次死前的記憶還存在的關係，即使很淺薄，我還是擁有一般幼兒不可能會知道的各種知識。總有一種像在作弊的感覺。

如果把與生俱來的資質稱為才能，或許我這些記憶也可以算才能吧。可是……

「這、這這這、這孩子搞不好是可比老夫的天才啊！」

古斯奔出房間，或者應該說是穿透牆壁飛向大廳，對瑪利和布拉德如此大叫。

看到他那樣子……

我真不知道該說是坐立難安還是無地自容了。

「唉呦，古斯老爺爺，你是怎麼啦？」

「哦，瑪利，聽老夫說啊……！」

古斯很激動地對瑪利描述起剛才發生的事情。

像是建構理論的能力超越年齡應有的水準啦，洞察力也很優秀啦，能掌握本質的能力堪稱魔法才能等等，蒼白的幽靈比手畫腳地不斷強調主張。

「唉呦……」

木乃伊瑪利始終溫和平靜地聽著。

骷髏人布拉德則是背靠著牆壁，一副沒什麼興趣的樣子。

「只要從現在開始把各種知識教給他，或許就能派上什麼用場了！講老實話，老夫本來還覺得是撿來了個多餘的東西，沒想到意外有……」

咦……

「喂，老頭。」

那聲音宛如一條快鞭。正當我因為古斯出乎預料的一句話而全身僵硬的瞬間，在我還沒恢復思考之前那聲音就傳來了。

轉頭一看，那是站在牆邊的布拉德發出的。他空洞的眼窩中，青白色的鬼火熊熊燃燒起來。

「你在那邊講什麼多餘的話。

……他可還是個兩三歲的小鬼，什麼叫『撿來了多餘的東西』？」

感覺得出來，他是在瞪著古斯。

「……撿來的東西就是撿來的東西。老夫本來根本就不想跟他扯上關係。」

「不是那種問題。」

「但現在知道他有那個才華了，老夫多少可以教他些……」

「不是那種問題。」

布拉德往前踏出一步。

從他全身彷彿釋放出了某種看不見的氣場。以前我都沒有特別去在意過，不過布拉德的身材相當魁梧，骨骼也很粗壯。

「喂……」

他光是這樣威嚇一聲，即使我只是站在旁邊看也能強烈感受到一股嚇人的魄力。

「古斯老頭，我知道你的脾氣就是那樣，如今也沒想要拿你如何的念頭，也覺得那樣很有你的樣子。

但是啊，在一個小鬼面前講他是『撿來的東西』也太超過了……你好歹也想像得出來對方聽到會有什麼感受吧？」

布拉德朝我瞥了一眼後，又將視線放回古斯身上。

我不禁感到驚訝。

「……唔、嗚。」

那個傲慢又乖僻的古斯居然會被對方的氣勢壓倒。明明平常應該是粗枝大葉又隨便的布拉德老是會被古斯或瑪利嘮叨的說。

「如果你不想跟養育威爾扯上關係，你要在聽不到的地方講什麼話都隨便你。但是既然你說要教他東西，就改掉你那種態度。」

這樣才合情理吧？布拉德如此說道。

「……………」

古斯沉默一段時間後，緩緩搖頭，嘆了一口氣。

「那發言的確不妥當。老夫今後會稍微小心點……抱歉了，威爾。」

「啊，不會……」

古斯竟然承認自己的錯誤而退讓了。

自從認識這些人以來，我是第一次看到這樣的情景。

我感到驚訝的同時，思考著該說些什麼話來收這個場。畢竟我不原諒他的話，事情也無法告一段落。

「呃，沒關係啦，古斯。我不會在意的。」

因此我姑且這麼說道。

於是布拉德也收起了他的怒氣，對古斯輕輕低下頭。

「……我忽然那樣凶人也很沒禮貌。抱歉，原諒我吧，老頭。」

「唔……你的粗魯也不是今天才開始的，別在意。」

古斯也對他點點頭如此回應。

「嘿，瑪利，我稍微把威爾借走啦。」

「好呀，請便……古斯老爺爺，不介意的話要不要再跟我多聊一下？」

瑪利始終都微瞇著眼皮，用一如往常的溫和表情看著那兩人的互動。

「威爾，稍微跟我到外面走走吧。」

「呃、嗯。」

事出突然，讓我還搞不清楚眼前發生這些事的意義。

不過唯有一件事我很確定。

布拉德他生氣了……為了我生氣了。

◆

都市的廢墟今天看起來依舊美麗。

在上午的陽光照耀下，湖面反射出一閃一閃的光芒。

「呃~……該怎麼說，威爾。」

……然後我眼前是坐在山丘上望著那片景象的骸骨，畫面有夠格格不入。

「畢竟從你懂事以來就是現在這個狀況，所以或許你什麼也不知道啦……」

布拉德彷彿是在猶豫該怎麼說明才好，而搔了搔他的頭蓋骨。

眼窩中青白色的火焰緩緩搖曳著。

「唉呀，不過你應該能明白吧？我、瑪利和古斯老頭，都和你是不一樣的。」

「呃，嗯，我知道。只有我有體溫，然後會呼吸。」

「唉呀，就是那樣。這其中是有很多理由啦。是有很多理由，不過……」

關於我的來歷應該有什麼內幕，我多少也已經察覺出來了。

化為廢墟的都市，幾名不死族，在那之中只有一名活人幼兒，怎麼想都是很不自然的狀況。

古斯剛才說過『撿來的東西』什麼的，所以也許我原本是個棄嬰之類的吧。然後像瑪利的個性上充滿母性，因此我想應該是她把我撿來，而古斯表示不想要收留這種東西吧……

雖然我可以做出各種推測，但到頭來如果沒人向我說明，我也不知道真相如何。然而……

「我還沒辦法跟你說明。」

「嗯。」

這也是理所當然的。

就算對方似乎擁有超出年齡水準的智慧，一個觀念正常的大人應該也不會對一個幼兒說什麼『你是撿來的小孩』或是關係到那些背景的事情吧。通常都會選擇隱瞞的。

布拉德輕輕聳了一下肩膀。

……我這時才想到，布拉德剛才會對古斯那樣生氣，當然一方面是因為那發言沒有顧慮到小孩的感受，不過或許也有一部分是因為古斯差點不小心把那方面的事情說溜嘴的緣故吧。

「呃～關於古斯老頭啊，你也別生他的氣了。那傢伙就是那樣，只要激動起來就有想到什麼講什麼的壞習慣。

而且他平常就不會在講話時考慮到對方心情什麼的。」

「嗯，我也沒生氣啦。只是有點驚訝而已。」

然後布拉德之所以會發飆得那麼恐怖，或許也是為了引開我的注意力。

為了不要讓我聽到自己是『撿來的東西』後理解其中的意義，對古斯湧起什麼負面的感情，所以才藉由大吵大鬧引開了我的思緒。

「嗯，是嗎，你心胸真寬大啊，威爾。『大』是好事。

「……讓我想想，等到你的身體和你的心胸一樣大，能夠理解接受各種事情之後……大家就會把現在沒辦法跟你講的東西告訴你啦。」

「嗯。」

這些行動全部都是為了我。明白這點之後就能發現，布拉德對待我其實是非常顧慮我的心情，甚至到教人驚訝的程度。

布拉德真是個厲害的傢伙……我上次死亡前有曾經對什麼人做過這點、做到這點嗎？

雖然記憶很模糊，但我認為應該沒有。恐怕是幾乎……不，完全沒有。

這樣一想，我就覺得胸口莫名緊了起來。

「我說，布拉德。」

「嗯，怎麼？」

「呃，謝謝你……在各種事情上。」

所以我沒辦法好好表達出想說的話，到頭來只能向他道謝而已。

「…………哈哈，別在意啦。」

他眼窩中的鬼火搖曳了一下。雖然我不懂得要怎麼分辨骷髏頭的表情，不過我覺得布拉德現在應該是揚起嘴角在笑吧。

他接著粗魯地摸摸我的頭。

「言歸正傳，你以後就好好去跟古斯老頭學學文字和魔法之類的吧。再怎麼講，那老頭好歹也是個超優秀的魔法師啊……不過同時也是個更厲害的守財奴就是了。」

這樣跟你講，你也不懂『錢』是啥玩意吧。布拉德如此說著，又讓下顎骨「喀喀」作響地笑了起來。

「另外，既然老頭要教你，那我將來總有一天也會教你各種東西！真是期待啊！」

「嗯……布拉德要教我什麼？」

我有點好奇，畢竟布拉德給人的印象不算有學問的樣子……

「嗯，暴力。」

咦？

「暴力，打架的方法。然後還有鍛鍊肌肉的方法吧？」

「咦！」

「很方便喔？」

……咦？

「布拉德從生前就……」

在神殿大廳的一張長椅上，瑪利坐在我旁邊開口如此說道。

「……呃，生前？也就是說，果然……」

「是呀，我們也不是從一開始就是這個樣子的。嗯……我們經歷過很多。對，真的經歷過很多事情才變成這樣的。」

瑪利說著，有點寂寞地笑了一下。

究竟發生過什麼事，我問不出口。而且就算我問了，她應該也會敷衍過去吧。不過我還是記起來好了。記得他們並非原本就是骷髏、木乃伊或幽靈的存在。

如果照我生前的記憶，像這種狀況通常都是抱有遺憾或執著的死者因強烈的感情而留在現世。他們也是這樣的嗎？抑或不是？

身為一個幼童的我能夠得到的情報還太少了，無從判斷……為了不要產生奇怪的偏見，我還是先別擅自判斷吧。

「從生前，布拉德就是個戰士了。」

「戰士。」

「戰士。手握武器戰鬥的人，是男孩子們崇拜的對象呢。」

也就是說，這世界的社會體制古老到會有那樣的職業嗎？雖然說光是看到那座都市廢墟，我多少就有猜到是那種程度了……不過人類之間的爭鬥果然也是存在的。

看來如果想要在這世界活下去，或許也學學戰鬥的手段會比較好。

「布拉德真的很強喔？他擁有豐富的經驗以及高超的技巧。不只是人類之間的戰鬥而已，野獸、魔獸、妖魔、不死族、巨人、亞龍、惡魔，管你是什麼都放馬過來吧！這樣的感覺。」

「哦……」

我隨口回應的同時，全身不禁僵硬起來。

「……呃，瑪利？」

「嗯？」

「妳剛才說什麼？」

「不只是人類之間的戰鬥而已，野獸、魔獸、妖魔、不死族、巨人、亞龍、惡魔……」

……………不、不不不，冷靜點。

她說的那些怪物，不一定就是我記憶所知的那樣。

「人類之間我還可以理解，可是……妳說其他還有什麼？」

「唉呦……唉呦唉呦，對不起喔。」

瑪利說著，笑了起來。

這麼說也對呢，都沒教過你當然也不會知道啦。瑪利沉穩地如此說道後，稍微想了一下……

「讓我想想喔，我記得古斯老爺爺的房間裡應該有圖鑑才對……」

說著，瑪利便拉起我的手，帶我走向神殿內古斯平時起居的那間石造小房間。

雖然古斯不在房間，但瑪利還是一副很熟悉地借了一本圖鑑。

「所謂的野獸就是這些，像餓狼啦、獅子啦、巨蛇啦……」

在描寫細膩的圖畫中，可以看到各種我熟悉的動物。

說熟悉，也是我死前的知識，而且是透過電視上的特別節目看過的。

……哇、哇～郝讓倫懷念呦～

「至於所謂的魔獸，就是指其中攻擊性特別高、特別凶猛的野獸。」

「這、這樣喔……」

「另外……你已經向古斯老爺爺學過關於神話的由來了吧？

身為始祖的創造神創造出了各式各樣的存在，但也同時讓邪惡的起因誕生，連祂自己最後也喪命在惡神手中。

然後惡神們根據祂們的性質，創造出了各種眷屬。」

瑪利緩緩翻動書頁。

「專制與暴虐之神伊爾特里特的眷屬——妖魔……有時也被稱為妖鬼。」

在她翻開的書頁上我看到……有點類似日本的鬼吧？

看起來就是很狡詐且殘酷的小個子鬼，以及全身肌肉然後同樣感覺很殘酷的大塊頭鬼。

「次元神迪亞利谷瑪的眷屬——來自地獄的惡魔們……」

接著是惡魔之類像是惡夢產物的東西。

有頭部長得像鳥的人類，或是宛如蜘蛛般長有好幾隻手臂等等，把人類與各種動物的部位拼在一起，教人毛骨悚然的存在。

「再來是不死神斯塔古內特的眷屬——不死族……」

也就是所謂的殭屍，以及像這三人一樣的骷髏人、幽靈、木乃伊等等。

然而圖鑑上描繪的不死族們感受不出像這三人的知性。

「…………我們就是和不死神定下了契約。」

瑪利小聲呢喃的這句話，聽起來極為陰暗。

「臨死之際的強烈感情，讓我們與斯塔古內特訂下契約，變成了這個樣子。

……可說是善良陣營的叛徒呢。」

因為那話語聽起來實在太悲傷……

「——是發生了什麼事？」

讓我忍不住開口問了。即使明知深入詢問也沒有好處，我還是無法克制自己。

「呵呵……發生過很多事情。對不起喔，我居然對一個小孩子講這些奇怪的話。」

瑪利笑了。笑得很苦。

隨後，她重整氣氛似地繼續說道：

「除了這些邪惡神明的眷屬們，當然世界上也有善良神明的眷屬們喔。就是包含精靈、矮人、半身人在內的各式種族。」

「瑪利……」

「另外還有像巨人或龍等等，立場中立但擁有強大力量的種族。雖然他們之中也有信奉善良神明的存在，但同時也有信奉邪惡神明的存在。世界非常遼闊，種族也很多樣。這本圖鑑上記載的只是代表性的例子而已喔。」

我知道她是故意岔開話題，也沒有回頭去講的意思。

「…………」

因此我也接受了她的想法。

既然對方不想講，我也沒有逼問的手段。在這種事情上，就算我跟她耍賴強求也沒有意義吧。

「……也就是說，這個世界……其實很危險嗎？」

「是呀，很危險的。雖然我還活著的時候是稍微比較和平……但現在不知道變得怎麼樣了。我猜恐怕惡化得相當嚴重吧。」

緊接著，瑪利又不經意地說出了這樣恐怖的發言。

我不清楚她是基於什麼根據這樣說的，不過……

「……我是不是變強一點比較好？」

「如果你能變強，我也會比較安心呢……」

她這句話聽起來感受相當深切。

……因此不管怎麼說，總之我決定要不惜努力讓自己變強了。畢竟在這個世界，似乎不夠強壯就活不下去的樣子。

同時，我也認為應該要記住關於這三人背後種種內幕的線索。他們養育著弱小無力的我，而且現在也願意傳授我為了活下去所需的力量。

在我的記憶中，我對為我做過同樣事情的父母不但沒有盡到孝行，甚至還不斷害他們操心、給他們添麻煩啊。

等到哪天我充分成長之後……我希望這次能夠好好報答這三人給予我的恩情。

◆

……後來又經過了五年。

我現在大概七歲左右，不過這世界似乎並沒有慶祝生日的習慣。我詢問之後才知道，這裡好像是用虛歲的方式在計算。剛出生就是一歲，然後每過一個新年就加一歲的樣子。

順道一提，我本來還擔心既然不是從零開始算，該不會這世界連「零」這個數字或是進位計數法之類的概念都沒有，但其實已經有了。只是因為依循從「零」還不是一個明確數字的時代就傳承下來的傳統，所以嬰兒出生時就是一歲了。

的確，人類的歲數計算方式本來就不至於會有很大的差異嘛。我可以理解。

換言之，我如果以這個世界的方式來計算，就是七歲加一歲的八歲……可是當我詢問「那新年又是哪一天」的時候，得到的回答竟然是「不知道」。

不，正確來講應該是大家都知道新年的開始是哪一天。

就是一年中白天最短、黑夜最長的一天。太陽的力量變得最微弱，然後從隔天開始又會恢復力量的那一天。

一陽來復——換言之就是冬至——的那一天，似乎就是新的一年的開始。

然而，我們這裡是遠離人類社會的廢墟都市，而且還是在郊外的神殿。那三人對曆數都沒什麼興趣，而且化為不死族之後對冷暖的感覺也變遲鈍了。

結果他們頂多就是透過「花開始綻放了」、「太陽變強烈了」、「葉子開始轉黃轉紅了」、「漸漸開始飄雪了」的感覺在過日子的樣子。

這種與外界沒有交流的生活中，的確沒什麼理由需要去觀測天象之類的。我是不清楚這三人究竟在這裡生活了多久的時間，但總覺得只要一個不小心忘記，或是嫌麻煩而沒記住經過日數或日期，就會變得無從考據了。

……不管怎麼說，我從那之後又透過詢問和學習收集了不少情報，就來整理一下現況吧。

首先，我雖然一直以來都講得有點含糊，至今也還沒辦法完全斷定，但我就這麼說了吧。

看來我似乎是投胎了。

投胎、轉世、重生、reincarnation，要用什麼講法都可以，總之我這些記憶是所謂前世的記憶，我已經死過，然後又生下來了。

而且是生在不同的世界。至少在我上次死前的記憶中，「魔法」這種東西不存在於現實中，也沒有骷髏人或幽靈在路上亂跑。那些全都是虛構的產物。

這個世界與前一個世界之間有某種程度的共通點，但同時也明顯不一樣。所以我才說是投胎，而且是轉世到不同的世界。

這樣的結論應該大致上沒什麼問題才對……然而我之所以無法完全斷言，是因為還有其他幾種可能性也無從否定的關係。

在這個世界有像魔法那樣不可思議的技術，因此我搞不好是被人透過那類的技術植入了虛假的記憶。也搞不好單純只是我的大腦有什麼異常，會產生奇怪的幻想之類的。另外既然有幽靈的存在，我這個或許也不是什麼投胎轉世，而是像附身之類的人格取代現象。也或許現在這個我其實只是幻覺，而我生前記憶的那顆腦袋此刻正漂浮在某間實驗室的水槽中……

或許、或許、或許。要講「或許」根本就沒完沒了，真的沒完沒了。再探究下去甚至真的可以講到像「水槽中的腦」那樣老套的哲學問題之中。

我認為像這種問題只要一煩惱起來就完蛋了，絕對得不出個結論。

因此我決定暫時就理解成「我投胎轉世到了異世界，而且偶然還保留有前世的記憶」這樣了。

畢竟這是最無可非議、最能讓我在精神上保持平穩的想法。

例如說，我可一點都不希望我的真面目其實是扼殺了一個小嬰兒的精神並取而代之的惡靈。雖然我不至於會說自己無法承受自責的念頭，但如果我是個那樣給人添麻煩的存在，心情上也未免太沉重了。

另外更讓我無法接受的展開就是，哪天我在某處得知了衝擊性的事實，然後回過神來發現自己是漂在水槽中的腦……我真心祈禱那樣的一天不會到來。

◆

……好啦，總之就是這樣『投胎後』虛歲八歲的我——威爾現在所處的世界是個很危險的場所。

「《燃燒(flammo)》《火焰(ignis)》……嗚哇！」

宛如爆炸般強烈的熱氣忽然冒出。

我忍不住嚇得往後退開的同時，古斯立刻詠唱《消去的話語》把我眼前的火焰熄滅。

「這個蠢貨！你發音太標準啦！」

居然會因為發音太標準而被罵，真是沒道理啊。

「威爾，正因為你有才華，相對地更應該去熟悉調整精密度，要不然可是會自爆而死的！」

對，例如我現在在學習的魔法——《創造的話語》……就是很危險的玩意。

雖然我們為了預防萬一，是來到神殿所在的山丘上練習。可是……

「古斯……這得到的結果也太不固定了，難道就沒有什麼解決的辦法嗎？」

「沒有。所謂《話語》就是這樣的東西。」

這個再現性實在不高。即使昨天和今天想做同樣的事情，也不會二度發生同樣的現象。

講得詳細一點就是……

「來複習一次。列出發動魔法的步驟。」

「呃……感知充滿世界的瑪那，使之與自己的瑪那共鳴並凝聚，將《創造的話語》發音出來或記述下來，共三個階段。」

萬物的根源、世界起始時的混沌──『瑪那』充滿這個世界。而首先就是去感知它、與之共鳴並將它凝聚。

然後透過把《創造的話語》發音出來或記述下來，將瑪那定義為某種形式──例如火焰。

真要講起來，步驟就只有這樣而已。

然而，正因為單純所以能夠下功夫調整的餘地極少，再現性怎麼也難以提升。

「如你所說那種尋求穩定成果的嘗試，其實從古早以前就有了。

許多賢者們絞盡腦汁，但改善程度終究還是有限……你實際練習之後應該也能理解吧？」

「嗯……首先，瑪那的分布不平均。」

這幾年來我在古斯的教導下練習提升感覺，而幸運的是我似乎頗有才華的樣子，如今已經能夠感受到瑪那的存在。但是……充滿這個世界、做為魔法素材與燃料的「瑪那」這種東西，說到底根本就不是均質分布的。

可以想像一下把墨汁滴到水中只稍微攪拌一下後的狀況。墨汁在水中有些地方很濃、有些地方很淡，而且會以不規則的方式流動。而魔法光是燃料就呈現這樣的狀態。

「沒錯。過去也曾有過幾種創造均質瑪那環境的嘗試。例如將極為古老的古樹或者是寶石、貴金屬等等東西拿來當凝聚器。但是……」

「花的成本很高，卻得不到相應的效果對吧。」

「沒錯……說到底，人類體內的瑪那本身就是流動的。只凝聚外部的瑪那終究也有限度。」

即便讓外側的瑪那保持在某種程度的均質狀態，要與之共鳴的使用者體內瑪那依然很不安定。

那同樣在體內就像是剛攪拌沒多久的水與墨汁一樣，濃淡不均又到處流動。不但狀態複雜，而且似乎更難進行調整。

「話雖如此，但那麼做的確會有效果，因此利用古樹、寶石或貴金屬製成的拐杖就成為魔法師的一種象徵了。」

看來在這個世界也有所謂「拿拐杖的魔法師」的樣子。

「……那古斯為什麼不使用拐杖？」

雖然我有看過幾次他拿著一把鑲有翠玉、把手像鳥嘴的拐杖啦……

「太招搖的拐杖只會引人注目。戰鬥的時候，要是被敵人看出是魔法師就會積極遭到攻擊，而且使用凝聚器也會讓對手容易看出魔法的起始點啊。」

……真是聽起來恐怖，但相當有實戰性的理由。

「哦哦，偏離主題了。回到《話語》不穩定的事情上。充滿這個世界以及體內的瑪那都是呈現流動性且分布不均，即使嘗試均質凝聚也有個限度。再說，人類在發話、記述的行為上也存在著不穩定。嚴格來講，沒有人能夠二度說出同樣的話語。」

即使是同一個人講出同樣一句話，音波的波形也會有所不同。即使寫出同樣的文字，筆跡也不可能完全吻合。就是這個意思吧。

畢竟不是機械在發話、記述，而是活生生的人類在講話書寫，所以會這樣其實也是理所當然的。

「基於以上的理由，到頭來普遍得到的結論就是：只能靠直覺去估計出較好的狀態了。」

因為魔法不可能達到如工業製品般的均質化，所以最後也只能得出「可以配合當下瑪那的狀態，熟練進行調整的魔法師真是太強啦！」的結論是吧。

「…………好恐怖。」

「沒錯，魔法是很恐怖的。」

我本來還在想為什麼創造神使用的技術會被稱為「魔性之法」，但既然使用起來這麼有風險，會那樣稱呼倒也說得通了。

……我那天的印象果然沒錯。

這世界的魔法和電動遊戲中消費點數就能輕鬆得到均質成果的《魔法》不一樣。真要講起來，還比較接近古典奇幻作品中那種不安定但是很強大的《魔法》。

「《話語》不得隨意濫用，行使力量會伴隨相對的危險。」

古斯總是不斷這樣告訴我，就像口頭禪一樣。

據瑪利和布拉德的講法，古斯似乎是個不折不扣的大魔法師。說他雖然平常的表現看不出來，但只要發揮實力就會很厲害。描述時感覺對古斯充滿信賴。

然而古斯本人卻一點都不會自豪這種事情。

「唉呀，這些話你也聽老夫講過很多次了。」

他反而總是會對我說些帶有教訓意義的警告故事。

例如有魔法師試圖改變地形，卻誘發大地震而被地裂吞沒。

有魔法師頻繁改變天氣，結果招致附近一帶氣候不良苦於饑荒。

有魔法師讓自己變身為動物，卻連思考上也變成了動物。

有魔法師對仇敵施放解體萬物的魔法，卻因為憤怒與憎恨導致口齒不清結果自爆。

甚至有魔法師打開連接異次元的洞，結果被另一頭不知什麼東西吃掉了。

「總之你該學會的是如何巧妙地、精密地施展小魔法。然後若是可能，最好連那樣的小魔法都不要使用。」

引火、驅趕蚊蟲、雜技程度的騙人把戲、找尋東西的法術等等小魔法雖然效果有限，但相對地萬一失敗的時候風險也較小。

不管再怎麼嚴重的失敗，頂多也只是「吃了點苦頭」的程度而已。

然而照古斯的說法，真正理想的魔法師其實不用魔法，或者會使用效果很小的咒語來得到最大限度的成果。既然一個人操控龐大的力量時總是有伴隨偶發意外或人為失誤的可能性，我覺得這樣的思考方式也頗合理的。

只不過——

「簡單講就是要靠錢啊。」

古斯的狀況是有點惡化到最後得出很誇張的結論就是了。

「每次聽你這結論我都覺得怪怪的……」

「說那什麼話，這可是很重要的一件事。」

古斯用他一如往常的乖僻態度嚴肅說道：

「想達到目的根本不需要使用什麼魔法，只要買適當的道具或雇用適當的人才就行了。變動地形雖然是大魔法，但只要有錢根本不需要使用魔法，去雇用工匠和人手來施工就行。賺錢用錢的能力，可是跟魔法一樣重要啊！」

面對挺出上半身大聲主張的古斯，我不禁被嚇得後仰身體。

「一個幽靈崇尚拜金主義也太奇怪了吧！」

「老夫也是覺得遺憾到不行啊！為什麼老夫沒辦法用這雙手撫摸金銀財寶！」

「變、變態啊啊啊！」

「閉嘴，誰是變態！」

「就是你啦，古斯啦！」

「還真敢說！好，變更預定計畫！今天就讓老夫好好告訴你錢的美妙……」

「什麼！今天應該是神話吧！預定是要講神話的吧！」

「錢比較重要啊！」

「或許對古斯來說是那樣沒錯，但也不能因為那樣就亂改預定吧！」

「唔……這麼說也對。那麼關於錢的話就下次再說……」

就像這樣，古斯偶爾會變得很奇怪。

說真的，一個沒有實體而且還是魔法師的幽靈竟這副德行，教人作何感想啊。

話雖如此，古斯講的東西通常還是很有道理，聽起來很有趣。

「以前老夫有跟你講過惡神誕生，殺害了身為始祖的創造神對吧？」

「嗯。」

「從那之後，便進入了善良之神與邪惡之神相爭的時代。要說到善神與惡神間代表性的戰爭嘛……對了，威爾，你在神殿有看過那個嗎？」

「那個？」

「手拿劍與天秤的男神雕像。」

我好像有印象。

是右手高舉一把象徵雷電的劍，左手拿著一個天秤，莊嚴而帶有威嚴的壯年男神雕像。

「嗯。」

「那便是善良之神的王，秩序與審判的管理者。

同時也是瑪利信仰的地母神瑪蒂爾的丈夫——雷神沃魯特。」

哦哦，原來主神是那個雷電的神明啊。

這麼說來，雷神在我前世的各種神話中也常占有很重要的地位。

「沃魯特有個兄長神，是掌管暴虐與專制的戰神。乘著迅猛無比的神馬《憤怒（Lars）》

與《貪婪》拖曳的戰車疾馳四方的伊爾特里特。」

古斯轉動著手指繼續說道：

「雙方率領各自的眷屬，反覆過無數次戰事。不過這些故事都有個共通典型。剛開始的戰局都是兄神伊爾特里特占有優勢，而心地善良的地母神瑪蒂爾在丈夫陷入苦境時給予保佑，讓沃魯特靠著獲得加持的雷劍展開反擊。最終沃魯特雖然擊敗了伊爾特里特，但伊爾特里特躲藏到地底，歷經歲月累積力量後，趁著弟神沉浸在和平之中而心生大意時又再度展開戰事。」

就這樣，神明間的戰爭不斷延續。古斯如此說道。

原來如此。我點點頭後，稍微想了一下又疑惑歪頭。

「那內容不就是……人類社會一開始都是透過暴力與專政統治，但後來農耕社會順利發展……」

隨著農耕活動的進步，雷電便不再是上天的威怒或恐怖的象徵，而是甘霖的前兆了。

「……然後法律和秩序也因此浸透到整個社會。不過久了之後這些東西會漸漸腐敗，於是又會透過暴力遭到顛覆。」

就是這樣的寓言吧？聽到我這樣一問，古斯頓時瞪大了眼睛。

「你這孩子，腦袋真的很靈光啊。」

他說著又點點頭。

「確實，受到雷神沃魯特和戰神伊爾特里特保佑的眷屬們之間的戰爭，大致上都是這樣的形式。」

如果說是將這樣的發展描寫成神明之間的戰爭，似乎也說得通啊。古斯點頭表示同意。

「保佑？」

「啊～……就是指神明給予眷屬的力量。」

「呃？那是指物理性的嗎？」

「當然是物理性的。」

古斯一副『你在問什麼廢話？』似地對我如此說道，但是以我前世的記憶和感覺來說，有點難以理解神明直接賜予人力量究竟是怎麼回事。

或許那單純是指給予勇氣或幸運之類的意思……然而照古斯的口氣聽起來應該不是那樣。

以前瑪利也跟我說過『和不死神訂下契約』之類的話。

……如果照字面上解釋，就代表這個世界的神明至少有辦法把人類變成不死族。雖然我不清楚另外還能辦到什麼事情，但這樣看來，這世界的神明們似乎擁有現實性的干涉能力的樣子。

不過那又是透過怎麼樣的形式……正當我思考到這邊的時候，古斯忽然清了一下喉嚨。

「咳！總之，神明之間的戰爭到了最後，所有的神明都在決戰中失去了肉體，於是雙方陣營皆撤退到了次元的另一頭，如今想藉由強大的力量干涉這個世界已經變得相當困難就是了。」

但不管怎麼說，這個故事有一個道理值得思考吧？」

「值得思考的道理？」

「沒錯。」

古斯咧嘴一笑。

「神明的善惡，終究也是人類自己在歸類的。」

「……啥？」

我不禁發出呆傻的聲音。古斯則是對那樣的我繼續說道：

「你仔細想想看，掌管腐敗秩序的沃魯特其實也可以說是惡神，而打倒腐敗社會的革命者伊爾特里特其實也可以稱之為善神。然而在現實中卻沒有人會把沃魯特毀謗為惡神，也沒有人會把伊爾特里特讚揚為善神。雖然這種話要是被神官們聽到不會有好臉色看……不過到頭來所謂善神與惡神的分類，也只是信仰的人做出的區分罷了。」

古斯的表情看起來非常認真。

「神明和咱們是不一樣的。祂們是透過和咱們不同的尺度在思考事情，以不同的尺度在活動。

而其中相較起來，思考方式比較接近人類，具有協調性、想法與活動基本上不會危害到社會的存在就會被歸類為善神了。這是老夫的想法。」

……當然，這些話你可別講出去喔？古斯笑著如此說道。

這個世界的神明是真的存在，甚至擁有干涉的力量，因此想必人民的信仰應該相當虔誠才對。可是古斯卻一點也不忌諱，在想法上相當不拘常規。

「該怎麼說……古斯還真是搖滾呢。」

「搖滾是什麼？」

「我也不太清楚，總之就是不受常規拘束的感覺。」

聽到我這麼說，老賢者古斯便咧嘴一笑。

「小鬼頭有時候就是喜歡隨便亂造詞彙，不過……嗯，這詞聽起來不錯。」

他似乎很中意的樣子……我不禁打從心裡覺得，他真的是個很搖滾的老爺爺啊。

◆

在可以遙望湖泊與廢墟都市的高丘山腳。

我和布拉德面對面站在一座小水泉旁。

「好，揮劍練習和跑步訓練都結束了，就來打一場吧。」

布拉德平常總是會用模仿單手劍的棒子或模仿長槍的棒子，做揮舞或突刺的動作來代替熱身運動。

雖然選擇用劍或用槍是根據他當時的心情，不過用劍的次數稍微比較多一點。據他的講法，長槍是戰場上使用的武器，而劍是隨身攜帶的武器，所以他會比較重視用劍的樣子。

揮劍練習之後，接著就是長距離跑步或短距離衝刺，等這些練習都結束後，就是武打遊戲。也就是拿比較柔軟的樹枝之類的東西比賽擊中對手的遊戲。

不同於枯燥乏味的揮劍練習或長距離跑步，這遊戲雖然有時候會被打得很痛但非常有趣。不過布拉德的技術實在很好，我總是很難擊中他。

「畢竟你也快要八歲了，我就稍微再用力一點吧。」

「什麼！」

「什麼叫什麼啦？」

「布拉德的力氣那麼大，被你用力打到可是會死的啊！

光是之前『近乎點到為止』的規則就常常打得我很痛了說！要是他再用力……

「放心放心，說力氣大，現在的我全身也只有骨頭而已，沒問題啦……大概。」

「什什什什什麼叫『大概』啦！」

「哈哈哈！不想死的話就加把勁別讓我打到吧。」

「住手！住手！」

布拉德笑著，手握軟樹枝逼近過來。

「啊，要不然你也可以用魔法啊。你總有跟古斯老頭學到些什麼吧？

看你是要用火球還是雷擊都行喔？」

邊說邊接近的他，早已大幅縮短了雙方的距離。

他嘴上說可以用魔法，但其實根本沒讓我用的打算嘛。

「太奸詐了吧，真是的……！」

「呵哈哈，威爾，這就是戰鬥啊！」

面對如此說著又繼續逼近的布拉德，我情急之下大叫出來：

「《加速(acceleratio)》！」

這是古斯教過我的實戰用《話語》。

「哦？」

我全身頓時加速，一個箭步朝後方拉開距離。

就在布拉德深感興趣地看著我的時候，我接著又叫出準備好的《話語》。

「《奔跑(currere)》《油(oleum)》！」

我叫出這些《話語》的瞬間，布拉德腳下的草地便出現了一層厚厚的油脂(grease)。

「嗚喔！」

結果布拉德當場滑了一跤。雖然那是用瑪那創造出來、沒過多久就會消失的東西，但也足夠讓對手失去平衡了！緊接著……

「《落下(cadere)》《蜘蛛網(araneum)》！」

我又進一步用《話語》創造出黏答答的蜘蛛網落到布拉德身上。

「啊、喂……！」

倒在地上的布拉德立刻被蜘蛛網纏住。而且他越是掙扎，網絲就會越纏繞在他的骨頭上。

如果是火焰或雷擊的魔法，萬一失敗就會受到嚴重的傷。不過油脂或蜘蛛絲的魔法就算失敗也不會有多嚴重的影響。既然魔法的再現性很低，我只要懂得如何巧妙運用就行了。

古斯說得一點也沒錯，其實根本不需要使用什麼華麗的魔法，而是要巧妙地、精密地施展小魔法才對。

「嘿！」

趁著布拉德在掙扎的時候，我在油脂上小心翼翼不讓自己也滑倒、並慢慢靠近到他身邊，然後用力揮下樹枝。

啪！樹枝打在骨頭上發出清脆的聲響。

「嗚哇……可惡，我認輸！」

聽到布拉德很不甘心的投降宣告……

「成、成功啦——！」

我忍不住緊握起雙拳，大聲歡呼。

沒想到我竟然完封勝利了。

◆

「真了不起……是古斯老頭教你的？」

「嗯。」

《蜘蛛絲（web）》和《油脂（grease）》消失後，露出一副佩服模樣的布拉德聽到我這麼回應，便搖曳著眼窩中的鬼火笑了起來。

「你這傢伙真的不簡單！這下我也明白古斯老頭為什麼會說你是天才啦。」

「？」

「因為通常應該會想用比較華麗的火焰或閃電之類的大玩一場吧？年輕的魔法師都是那樣的。」

「嗯～我不太想用那類的魔法，畢竟古斯也說過那很危險的。」

我也覺得要是一個不小心就會傷到自己的魔法的確非常危險。自己無法完全控制又帶有風險的力量根本不能稱為力量，單純只是危險物而已。

……我之所以會這樣想，搞不好也有一部分是受到前世記憶的影響吧？

「薰陶得真是徹底。如果你是用《火焰箭矢》程度的東西，我就能輕鬆閃過然後逼到你眼前的說。」

「你、你閃得過？」

「閃得過啊。話說只要我拿出真本事，像剛才那個《蜘蛛絲》和《油脂》的連續技，雖然不容易但我也不是無法應付啦。」

布拉德講得一副很平常的樣子，可是我怎麼也無法想像要怎麼做。

「……呃，怎麼應付啊？」

「就用手上的樹枝硬是把掉下來的蜘蛛絲纏起來，然後盡量保持平衡從油脂地帶走出來就好啦。」

還真是有夠硬來的突破手段。話說回來……

「原來你有對我放水嗎？」

「不放點水才糟糕吧？我們可是大人和小孩子啊。」

要是一直輸就會養成輸掉的習慣，有時候累積勝利經驗也是很重要的。布拉德如此說道。

「不過我還是有拿出幾分的實力……要是大人面對小孩子的攻擊不拿出全力就無法應付，在那個當下就算是輸啦。」

呃，這樣講好像也對。一個大人跟小孩子比賽體力時就算拿出全力獲勝，在各種意義上也等於是實質落敗了。

「我說，威爾……古斯老頭他啊，可是被人尊稱為《徬徨賢者》(Wandering Sage)，是個貨真價實的大魔法師喔。他曾經又是討伐怪物，又是平息氾濫河川，還重新發掘出了好幾個古老的《話語》。」

「是喔……」

關於古斯是個大魔法師的事情我已經聽過很多次，不過看來他果然是個非常厲害的人物。

「你剛才那個不使用火力系的魔法，而是專注於妨礙敵人以及操控戰場狀況的做法……就是古斯長年來歷經各種嘗試，最後得出的一項結論。那傢伙雖然是個乖僻的老頭子，但能力上毫無疑問是首屈一指的。所以他教過的東西你可要好好記住。」

「嗯，沒問題……我很尊敬古斯的喔。」

那就好。布拉德如此點點頭。

「話說，布拉德也是個很厲害的戰士對吧？」

「是啊，不是我在自誇，我可是被人稱為《戰鬼（War Ogre）》哩。」

嘴上說不是在自誇卻得意挺起胸膛的樣子，實在很符合布拉德的個性。

「然後瑪利也被稱為《地母神（Mater）的愛女》，有一段時期我們三個人……噢。」

「怎麼了？」

「……沒事，只是這段故事講起來太陰暗，到最後會有點沉重啦。」

「…………」

聽他這樣一說，我也頓時想到了一些可能有關的事情。

為什麼像我當時那樣的一個嬰兒，會在一座與世隔絕的廢墟都市神殿中？

為什麼曾經似乎實力相當高強的這三人，會化為不死族在這種地方生活？

關於這些事情，至今在我心中依然充滿疑惑。

不過至少可以確定，現在的狀況想必不是什麼完美結局所造成的結果。雖然瑪利和布拉德偶爾會對我說溜嘴，可是他們始終絕口不提那些隻字片語以上的內容。

「……你以後總有一天會告訴我吧？」

「沒錯。我一定遵照約定，等你再長大一點就循序漸進告訴你。」

布拉德說完後，輕輕伸展了一下身體，並重新握起樹枝。

「好，再來比一場吧……這次不准用魔法！」

「什麼麼麼麼麼麼麼麼麼！」

抗議的話還沒講完，布拉德便朝我逼近過來，於是我趕緊揮動手中的樹枝。

可是我的攻擊卻被他輕易閃開，緊接著他的樹枝便甩到我眼前。

我忍不住當場閉起眼睛……

「笨蛋，別把眼睛閉上！」

結果我的額頭就這樣被樹枝打到。

「痛啊～！」

我頓時摀著額頭縮起身子。雖然我們使用的是很柔軟又有彈性的樹枝，而且布拉德也沒有特別用力，但是在那麼快的速度下被打到還是很痛的。

「另外，因為痛就縮起身子更是下下策。就像這樣。」

布拉德伸出腳尖一勾，就把我絆倒。

如果是在實戰中，我搞不好會被對手當足球一樣踢飛吧。甚至可能連內臟都會被踹破。

「就算被拳頭擊中臉部，也絕對不要把眼睛閉上。靠訓練克服你的反射動作。」

在一轉眼就會分出勝負的戰鬥中，自己遮蔽自己的視覺根本是外行人才做的事情。布拉德對我如此說道。

「然後就算被擊中也要忍耐下來，往前踏出一步。」

「都、都已經受傷了還要往前進嗎……？」

正常來講要是吃了對手的攻擊，應該要先想辦法拉開距離重整戰局才對吧？至少我是這麼認為的。

「威爾，要是吃了一擊就往後退下，你覺得對手會怎麼想？」

「怎麼想……」

「剛才這一擊打得漂亮！而且對方還退下了，可見一定很痛！這下自己占有優勢，要趁勝追擊——對手應該會這麼想吧？」

……啊。

「那麼對手為了解決你，當然就會展開進一步攻擊。而且你還受了傷，不論要擋要逃都會變得不利。你本來是為了迴避糟糕的狀況，但其實單純只是把自己逼進死胡同而已。那是相當膚淺的做法……嗯？你怎麼啦？露出那樣奇怪的表情。」

為了迴避風險而拉開距離，卻讓狀況變得越來越難挽回。

那樣的經驗我有過太多次了。

「……可是就算往前進，又該怎麼做？」

很簡單啊。布拉德笑著說道：

「不顧一切往前衝，不管三七二十一拚命攻擊就對了。」

……根本就是硬碰硬嘛。

「反正退後也是死路一條，還不如豁出去放手一搏。提升反覆攻擊的速度，管他用劍也好槍也好拳頭也好，總之就是要不斷攻擊。對手在那瞬間肯定也在想『剛才那一擊打得漂亮！我贏了！』所以心理上自然會露出破綻。只要趁那時候立刻拚命反攻，你就有機會也命中對方一、兩記漂亮的攻擊。這樣一來就算把你的傷勢算進去，少說也能讓狀況變得勢均力敵，甚至搞不好可以逆轉獲勝。」

吃了苦頭後要往前進。挺身往前，還以顏色。

「就算反擊行動被對手撐過，對手也會心生懷疑：剛才那一擊明明很漂亮的，難道其實一點都不痛嗎？只是惹對方生氣了而已嗎？自己的攻擊難道無效嗎？你只要讓對手有了這些想法……」

布拉德的骷髏頭感覺好像咧嘴笑了一下。

「就反而會是對手往後退下，轉攻為守。這樣一來你也能歇一口氣啦。」

原本戰況是對我方不利，卻能讓對手無法察覺自己占有優勢。

……面對不確定的未來，選擇不畏風險挺身往前，把主導權從對方手中搶奪過來。

「你在攻擊上雖然直覺不錯，但整體來說太過畏縮了。首先要從這點開始改進。」

聽好囉。布拉德如此說道。

「只要靠徹底鍛鍊出來的肌肉與暴力，大致上的狀況都有辦法解決喔。」

布拉德彎起手臂擺出擠起肌肉的動作，但是在我眼中當然只看得到骨頭而已。

「……好強烈的自虐行為啊。」

聽到我這麼吐槽，布拉德頓時一臉錯愕，沮喪起來。

◆

過了幾個月後。

溫暖的天氣漸漸變得炎熱，連日來陽光都非常強烈。

古斯的課程內容包含從魔法和神話一路到算數、簿記或經濟，有時甚至還會跳去講法律或土木，可說沒個主軸。不過布拉德的上課內容就總是相當單純清楚。

「首先就是鍛鍊肌力和體力，這比任何事情都重要得多啦。」

布拉德彎起手臂，擺出強調上臂肌肉的動作。

但是他當然沒擠出什麼肌肉，我只看得到他的肱骨而已。

「不過像招式之類的就不重要嗎？」

「想使用招式的前提還是要先有肌肉啊。」

布拉德二話不說就否定了我的疑惑……但真的是這樣嗎？

或許是因為我上輩子在漫畫之類的作品中習慣看到以小搏大的情節，所以聽到布拉德這樣斷言難免感到有點奇怪。

布拉德大概是察覺出我心中的疑惑，而繼續說道：

「嗯～……不然我問你，你如果不使用魔法有辦法把我扳倒嗎？」

他說著，站穩下盤。身高將近兩公尺的巨漢骨骼放低腰部穩住下盤的樣子，充滿驚人的魄力，絕不是虛歲八歲左右的小孩子能夠隨便推倒的。

「……不可能。」

「對吧？即使擁有再厲害的招式，沒武器的狀況下要對付體格差距這麼大的對手也太勉強了。所謂體格差距、體重差距、肌力差距等等，會直接反映在力量上。當然如果會使用什麼招式或許就有讓戰況翻盤的『可能性』，但那種東西是因為充滿夢想所以才容易讓人憧憬啊。」

布拉德不知不覺間縮短和我的距離，輕輕一個動作便把我的腳絆倒。就在我當場跌到草地上的瞬間，我反射性地把身體縮起來，做出被徹底鍛鍊出來的護身倒法動作。布拉德偶爾會像這樣偷襲測驗我的護身技術，要是我沒做好，就又要在草地上跌跌滾滾，鍛鍊護身倒法的基礎了。

「好，做得不錯……那麼言歸正傳，在現實狀況中通常都像這樣，總是比較巨大的一方占有優勢。

畢竟光是『巨大』就很有利、很強。雖然如果有武器或魔法就沒辦法一概而論就是了。」

只要手握殺傷力強大的武器，便能縮短體格要素上的差距。布拉德如此說道。

的確，當小孩子和大人在雙方徒手、持刀或握槍的狀況下交手時，最能夠讓戰況接近勢均力敵的應該就是握槍的狀況吧。

「然而基本上，體格與肌力的重要性依然不會變。所以你必須多吃、多運動，讓自己長大才行。」

「嗯。」

當然，透過運動消耗了熱量之後，就要吃得更多才能轉換為肌力。

如果沒能轉換為肌力，運動所消耗的份就會白費。布拉德經常都說「這樣太浪費啦」。上輩子的我不但食量很小又偏食，而且用餐很不規律。希望我這輩子能夠盡量規律用餐，盡量吃多吃飽一點。

「回到肌力的話題上……所謂的『肌力』強就強在不需要挑選狀況。舉個例子來說，假設有個很強的拳術師，也就是透過輕盈的腳步與銳利的拳擊戰鬥的人。」

聽布拉德這麼一說，我便聯想到拳擊選手。

「要是戰況不小心演變成雙方糾纏扭打，你覺得那些拳擊招式能有效到什麼程度？」

……在極近的距離下當然還是可以毆打對手的側腹之類，但威力應該會減半吧。我記得在實際拳擊比賽中，也有一種叫『扭抱（clinch）』的技術。

「相反地，假設有個很擅長纏鬥招式，投摔或固定對手的技術很高超的傢伙……但要是遇到步法靈巧的對手，總是被巧妙地拉開距離從遠處毆打時又怎麼樣？他擁有的招式能有效到什麼程度？」

「唔……」

這同樣也是招式無法活用的狀況。

「招式沒辦法使用的狀況比比皆是……然而幾乎在所有狀況中，『肌力強大』都會是很有效的優勢，不太容易形成不利。

管他是雙方纏在一起扭打，還是拉開距離互相毆打，只要有肌力就能壓制對手，拳頭威力也會很高。拿武器的狀況也是一樣，有肌力就能輕鬆揮舞而且能連續揮動好幾次，也能壓制對手的武器。

相對地，所謂的『招式』，我雖然不會說沒有用處，但那只有在『可以使用招式的狀況下』才能發揮效果。武器技術也是一樣，你無法保證身上隨時都有攜帶自己習慣使用的武器……但肌肉只要好好鍛鍊，就不會離開自己的身體。」

真是非常現實的一段分析。換言之，所謂肌力或體格是一個人的基礎能力值，而招式終究只是視狀況可以達到加分效果的東西。

「綜合以上觀點，究竟該優先加強哪一邊就很清楚了吧？首先要鍛鍊肌肉，然後才學招式。懂了嗎？」

「嗯，我懂了。布拉德其實也有考慮很多事呢，真意外……」

「你原本都以為我是個笨蛋對吧……好，你這好孩子，給我過來。」

哇～！我很故意地尖叫逃跑，於是布拉德也笑著追了上來。

……就像這樣，在嬉鬧玩耍中布拉德也會鍛鍊我的身體，同時教導我許多事情。

例如擲石子。

不是徒手丟石頭讓它在水上彈跳的那種遊戲，而是更適用於實戰的東西。

「…………」

從神殿所在的山丘往街道的反方向走下坡，穿過墓碑林立的草原後，便能看到一片茂密的森林。

彎著身子接近那片森林的我和布拉德，手中各自握有一條長長的繩子，是用好幾根草搓揉編織成的草繩。

繩子的一端有可以套在手指上防止鬆脫的圈圈，繩子中央則是編有大約可以塞下一顆乒乓球的小囊。

這是稱為投石索的武器……在前世的記憶中，我記得像舊約聖經中的大衛還有愛爾蘭的英雄庫胡林都使用過這東西。在日本來講就是「印地」了。

在森林附近經常會有野鳥群聚。

我將中指套進投石索的圈圈，把一顆大小適中的石子放進小囊，然後用食指和拇指輕輕捏住繩子的另一端。揮甩大約兩圈加速後，看準時機放開手指，裝在小囊中的石頭便順勢飛了出去。繩子本身則因為有套在中指上的關係還留在我手中，只有石子「咻！」一聲飛向在森林旁不知道啄著什麼東西的一群鵪鶉，打到其中一隻。

剎那，伴隨吵雜的拍翅聲響，鳥群一起飛起。

「很～好，表現不錯！去抓起來！」

布拉德說著，自己也用投石索朝飛向空中的鳥群擲出石子，當場又擊落一隻。

他那招我可學不來啊。我這麼想著，同時奔向幾十公尺前方的鵪鶉。鵪鶉全身痙攣抽搐著，看來還有一口氣的樣子。

牠雖然想逃離我面前，但翅膀大概是被打斷而無法拍動，只能不斷掙扎。

那可憐的模樣讓人不禁一瞬間感到同情……

「威爾，不要讓牠受苦！快折斷牠的脖子！」

但是在布拉德的出聲指示下，我還是用預先準備好的厚布壓住了鵪鶉的身體。

隔著布可以感受到鵪鶉在底下掙扎的觸感。我壓制著鳥喙與爪子的抵抗，並用力一折。

「…………！」

隨著折斷脖子的討厭手感，鵪鶉頓時在我手中變得癱軟無力。

在稍隔一點距離的地方，布拉德也回收了他擊落的鵪鶉。那邊似乎是當場死亡的樣子，我沒看到布拉德對鵪鶉下最後一手的動作。

鵪鶉原本水汪汪的眼睛，如今已失去光彩。

在布拉德走過來的時候，我按照瑪利所教的交握雙手，為我眼前的這隻鳥祈禱冥福。

「……你差不多也習慣殺生的感覺了吧？」

「還沒。」

狩獵、殺死動物。這也是布拉德上課的一環。

然而「殺生」對我來說實在太沉重了，遲遲無法適應。我沒辦法不為所動地輕易殺死生命。或許是因為我上輩子的記憶作祟。

「我不喜歡殺生。」

會有這樣的想法可能太天真了吧。

「嗯？我也不喜歡啊。」

「……咦？」

布拉德很乾脆地對我聳聳肩膀。

「我是說，如果深入去思考，我也不喜歡啊。不管殺鳥還是殺人，我當然也會感到抵抗。但是……」

他說著，把指尖抵在我的胸口上。

「遇到必要的時候就得把那種感情放到一邊，靠反射殺害對手。我就是想教你身為戰士那樣的觀念。畢竟在戰場上，那會攸關自己的生與死。」

「…………」

布拉德從我手中接過鵪鶉的屍體。

然後和他打下的鵪鶉從腳部綁在一起，並掛到自己肩膀上。

「……好，那就再去獵個幾隻吧。」

「嗯。」

從話語和動作中，可以感受到他希望讓我放鬆心情的想法。

布拉德果然是個很了不起的人。我不禁這樣覺得。

◆

好啦，既然有獵到鳥，自然就會被端上餐桌了。

就在我上完布拉德和古斯的課程，精疲力盡地回來時，瑪利已經為我準備好了餐食。

盤子上裝的是羽毛被拔光，內臟也被挖掉，並抹上鹽巴與神殿旁菜園摘來的香草後烤過的鵪鶉。看起來肉汁豐富，還冒著熱煙。飄散在四周的烤肉香氣聞起來美味得讓我不禁嚥了一下口水。

另外還有顏色濃豔漂亮的雜糧麵包以及放了各種蔬菜的湯。讓人都快忍不住了。

「呵呵，食物不會跑掉的。先來禱告之後再好好享用吧。」

「好～！」

按照瑪利的教育方針，我用餐時都必須好好坐到位子上，先禱告之後才能開動。

於是我交握雙手，唸出瑪利教過我的禱告內容。

「地母神瑪蒂爾以及善良的神明們，在祢們的慈愛之下，我們將享用這頓餐食。願眼前的食物能獲得祝福，化為我們身心的食糧。」

我這輩子目前的生活就是每天早上起來後跟著布拉德運動，向古斯學習，然後很規律地享用瑪利準備的餐食。

至於上輩子則是每天在隨便的時間起床，隨便用餐，整天都坐在電腦螢幕前。生活步調自然變得很不規律，而凌亂的生活也讓自己的身體越來越虛弱。

投胎轉世之後我才總算明白，那樣的生活究竟有多糟糕。一個人只要身體虛弱，連帶地心靈也會變得虛弱……我這輩子絕對不要再重蹈覆轍了。

「感謝眾神的聖寵。我要開動了。」

……我獵到的鵪鶉不但味道濃郁又有咬勁，而且帶有油脂吃起來非常美味。雖然感覺肉有點少、骨頭有點多，但實在好吃到讓人根本不會在意那種事情。我始終一句話也不說，只顧著埋頭剎肉。

途中偶爾也會吃幾口麵包，而味道清淡的麵包剛好可以調整鳥肉濃厚的味道。另外用麵包沾著盤子上的肉汁來吃也相當美味。

湯的鹹味則是恰到好處，讓疲憊的身體感到無比舒服。

真是一頓幸福的餐食。

「瑪利，這太好吃了。」

「呵呵，那就好。」

……不過我心中有個謎團。很大的謎團。

無論瑪利、古斯或布拉德都是不死族，不但不用吃飯，也沒辦法吃飯。

因此他們根本沒有生產或儲備糧食的需要，而實際上我也沒看過他們耕耘那樣大片的田地。或者說，就連那塊小菜園也似乎是我來到這裡之後才重新整理的，雖然種植了蔬菜和香料，但並沒有栽培穀類。

另外，這座神殿所在的都市廢墟很明顯與人類社會隔絕，沒有地方可以購買東西。留在廢墟的食物除了鹽巴或蜂蜜之類不會腐敗的東西之外，想必都不只是腐爛而已，根本就已經化為地板的汙漬或乾燥的粉末了吧。

……那麼我在吃的麵包究竟是從哪裡來的？穀類的來源是什麼？又是在哪裡窯烤的？

當然，我有想過靠魔法造出食物的可能性。既然都可以變出『油脂』了，用《創造的話語》說出『麵包』或『豬肉』是不是就可以讓瑪那變成那樣的形狀呢？

從結論來說，答案是『Ｎｏ』。雖然創造出類似的東西並吃下去會有『好像有吃飽』的感覺，但是靠人類的力量似乎沒辦法構築出帶有營養價值的食物。

古斯針對這點，曾經說過「吃下自己的《話語》當然也不可能撐飽肚子」這樣風趣的看法……不過我想實際上的原因，應該是這個世界的人類對於生物的知識以及對《創造的話語》的理解還不足夠的緣故吧。

換言之，就是因為像蛋白質或維他命等等較細微的營養物質還沒被發現的關係，所以與其相關的《話語》也還沒被解析出來，結果就算想創造麵包，也只會造出「外觀像麵包但吃下去也不會化為熱量」這種超級減肥食品……這樣想起來總覺得就很合理了。另外對複雜的人體動手腳的醫療類古語魔法，據說在發展上也很緩慢，屬於相當困難的領域，感覺也可以佐證我前述的看法。

好像有點扯遠了，總之……

……這地方會有充分的糧食讓我每天不愁吃的這件事本身就很異常。

然而在我眼前的確每天都有餐食可以吃，可見應該還有什麼其他我不知道的要素……

「我說瑪利，這麵包妳是從哪裡準備來的啊？」

「……那是祕密喔。」

真是神祕。

——果然太奇怪了。

我經過左思右想，最後還是只能得出這樣的結論。

包括那三個人的來歷也是，食材的出處也是，更不用說關於我自己本身就是個謎團。

雖然我以前對於自己的出身做過『可能是棄嬰吧』這樣簡單直接的推理，可是到最近我卻漸漸覺得這推論有點可疑了……至於原因嘛，因為我根本看不到炊煙。

根據山腳下那城鎮的文化水準來推斷，我認為這世界有村落的地方應該就能看到煮飯時升起的炊煙才對。因此我最近都會注意觀察四周一帶的狀況，但是不管什麼時間、什麼方位，我都看不到那樣的煙。

當然，就算是我也不可能知道關於『炊煙究竟可以從多遠的地方看到』這樣的知識。

不過在我記憶模糊的知識裡，印象中有一種計算所在地到水平線之間距離的方法。就是將直角三角形的一邊定為「地球半徑」，另外一邊定為「地球半徑＋眼睛高度」然後套入勾股定理。而最後我計算出來大約是四～五公里左右。

當然我不確定在這世界是否也能直接套用這方法，但至少足夠給我當個參考。

這個四～五公里的距離只要把視線位置提高就能拉得更長。就好像船隻要尋找陸地的時候，會讓視力比較好的船員爬到船桅上的瞭望臺去找一樣。同樣地，如果在地平線的另一側有比地面更高的東西，就能看得更遠。例如高山，還有炊煙也是。

因此一個視力不算差的小孩子站在山丘上尋找高高升起的煙，應該至少可以看到方圓幾十公里範圍內的煙才對。然而我在周圍幾十公里圈內都沒看過炊煙，換言之就是完全沒發現有人在生活的跡象。

至於這件事和「棄嬰說」究竟有什麼關聯性？答案很簡單。既然說是棄嬰，應該就有沒能養育小孩的父母親之類的人物把我丟掉才對。

而我從前世的記憶醒過來的那時，我的身體應該還不滿週歲。小嬰兒的身體是相當脆弱的，就算要丟棄應該也不會特地跑到遠方去丟吧。

更沒有必要特地長途跋涉到這座明顯與人類社會至少隔絕幾十公里，而且還有不死族居住的廢墟都市。

普通的成年男性如果在最基本鋪設的道路上徒步旅行，我記得平均一天可以走大約三十公里。考慮到丟棄之後還要走回去，一天可以往返的距離就是十五公里。再遠就必須在沒有村莊的野地過夜了。

那樣實在很奇怪。

假設我真的是棄嬰，就代表我的父母不惜花上一整天的時間甚至在野地過夜，也想把嬰兒丟棄到遠方去，那到底是怎麼樣的父母啊！

這樣考慮起來，我就不得不開始懷疑：我是棄嬰的可能性其實很低吧？

然而，那我究竟又是從哪裡來的？即使我絞盡腦汁思考別的可能性，也想不出什麼合理的想法。

畢竟我總不可能是從木頭裡蹦出來的，所以我應該有一對親生父母，然後他們有什麼理由來到這座廢墟都市才對。難道其實是瑪利和布拉德在變成不死族之前生下的小孩嗎……應該不是吧。

我想那三人恐怕是和這座都市同時期變成不死族的。因為他們有幾次在日常對話中不經意提到那座都市還是完好時期的事情，所以應該不會錯。

而那座都市看起來經過了長年累月的腐朽，不只是十年二十年而已，因此時期算起來不吻合。

在五十、一百年前變成不死族，然後在八年前生下小孩子，這是不可能的事情。更不用說是在不死族的狀態下性交然後懷孕……也太講不通了。

換言之，那三人毫無疑問並非我的親生父母，所以關於我的來歷還是得不出個結論。

或許是什麼行旅天下又個性隨便的夫妻把我遺棄在這裡的可能性是最講得通……的吧？然而這七年來從沒有什麼旅人行經這裡，因此我還是覺得很奇怪。

不管我怎麼想，都想不出個所以然。

…………現在的『我』到底是什麼人？

「威爾？」

「嗚哇！」

我嚇得肩膀抖了一下。看來我剛才陷入沉思了。

「你、你是怎麼啦？手好像停下來了呢。」

「對不起，瑪利，我在想事情……」

聽到我這麼說，瑪利不但沒有責備我，還對我露出微笑。

雖然她生前想必長得很漂亮，但現在那樣子該怎麼說呢，有點會讓人心生恐懼的感覺。唉呀，雖然那份恐懼感我也已經習以為常就是了。

「想事情嗎……不過天氣這麼熱，你還是趕快做完手上的事情，進到屋裡再想吧。」

「嗯。」

我點頭回應後，重新高舉起手中的鋤頭。土壤其實是一種又重又硬的東西，靠小孩子的身體耕耘可說是相當費力的工作。我剛開始的時候連鋤頭都不太會使用，刀刃頂多只能挖到很淺的地面，不過現在已經可以鏟到以一個小孩子來說算是很深的地方了。

這裡是神殿的菜園。因為現在季節是夏天，可以看到顏色鮮豔的番茄與茄子。這菜園似乎原本荒廢了很長一段時間，是為了我才重新翻土施肥並種植各種蔬菜加以管理的。

周圍還種植有同時可以發揮驅蟲效果的百里香、檸檬香草、薄荷以及薰衣草等等香草類植物，獨特的濃郁香氣和泥土的氣味互相融合。

而我現在正在幫忙瑪利將菜園中目前還沒使用過的一塊土地翻鬆。據說她打算用來在夏天種植胡蘿蔔，秋天種植馬鈴薯與洋蔥的樣子。

……關於這些蔬菜或香草類的名稱、分辨方法、種植季節與採收方式等等，全部都是瑪利教我的。

我雖然有向古斯學習學問，向布拉德學習武術，不過要講到『學習』，總覺得我向瑪利學習的東西是最多的。

從穿著打扮與廁所的使用方式，乃至禮儀禮節或典型的童謠、故事。還有蔬菜的種植方式、農具的保養、織布、洗滌布料、房間的打掃方法……

只要我跟在瑪利身邊，她總是會很有耐心地從頭仔細教導我。

講起來很丟臉的是，我因為上輩子的世界實在太便利，又過著失敗而靠人養的日子，所以相當缺乏各種生活上的知識。

而在這點上，瑪利就很腳踏實地了。相較於有點遠離世俗的古斯或是有點像野蠻人的布拉德，論生活能力的話想必瑪利是最強的吧。

她總是作息規律，每天又是在菜園拔草又是晒被子又是打掃神殿的，處理各種家事。然後同時也會將這些知識傳授給我。

要是這座神殿中沒有瑪利，我搞不好現在又會變成一個廢人了。

……不過關於那樣的瑪利，也存在著一個謎團。

她一天裡總會窩到神殿大廳中好幾次。雖然她說是在裡面禱告，可是又會交代我那段時間中不可以進去大廳。

而且古斯或布拉德也總會若無其事地守在我身邊，讓我不會進去大廳。

也許瑪利真的只是希望能在安靜的環境中專心禱告而已，然而在各種謎團交疊之中，我也忍不住會懷疑那可能和什麼謎團有所關聯。

……就去確認看看吧。

用鋤頭翻動地面的同時，我如此盤算著。

或許有什麼方法可以解開這個謎題也說不定。

我變得滿腦子都在思考解開謎團的方法，沒能去考慮其他事情。

◆

……總之，我決定先裝病看看。

跟著布拉德訓練的時候假裝身體狀況不好，然後提出「我想休息一下」的要求。

大概是我平日都很認真的關係，布拉德毫不懷疑就相信了我，要我回房間躺到床上休息。

他雖然也陪在床邊照顧了我一段時間，不過後來又說要去抓些可以滋補身體的東西就跑到森林去了。我本來就推測布拉德在個性上應該沒辦法一直待在床邊，看來果然被我猜中了。

我接著為了不被發現而小心翼翼放輕腳步走出房間，偷偷摸摸走向大廳。不發出聲音地一點一點慢慢打開門，探頭往裡面一瞧……

結果瞬間被嚇得倒抽了一口氣。

——瑪利竟然全身著火了。

在神殿大廳中，瑪利面前擺有一個銀色的盆子。

面朝著神像雕刻，被天窗灑下來的微弱光柱照耀的她，跪在地上交握著雙手。

那模樣看起來一心不亂地在禱告著。

明明她全身都被白色的火焰包覆，不斷冒出強烈的濃煙。

——我的腦袋頓時變得一片空白。

接著開口大叫的同時奔進大廳，但瑪利卻一點都沒有察覺我的跡象。

她簡直就像化成了石像一樣，始終保持姿勢不動，繼續禱告。

焦急感燃燒著我的思緒。

汗水不斷滲出。

耳邊一直聽到吵雜的聲音。

遲了一拍後我才發現，那是我自己扯著嗓門在大叫的聲音。

然而不管我在旁邊怎麼叫喚，瑪利都沒有反應。

我不管三七二十一就把手伸向被火包覆的瑪利。
她的身體已經被燒爛，化為熾熱的黑炭。
觸碰到她的同時，我的手心也燃燒起來。
強烈的疼痛讓我反射性地想要把手縮回來。
——誰管你會痛啊！我立刻壓抑了反射動作。
就算再怎麼痛也沒關係。
瑪利現在可是面臨危險啊！
燃燒思緒的焦躁感使我的一切都麻痺了。
「布拉德！古斯！快來啊！瑪利她、瑪利她！」
搖晃著瑪利身體的同時，我不斷發出刺耳的叫吼。

◆

「老夫都那樣千交代萬提醒，要你們小心了……」
古斯一臉苦澀地責備著布拉德與瑪利。
「……抱歉，我太粗心了。」
布拉德端正姿勢，對瑪利與古斯鞠躬賠罪。

「不……是我不對，我不應該一直保持祕密的。」

瑪利則是一副很沮喪地垂著頭。

她剛才明明被燒得那麼嚴重的身體，現在卻不知道為什麼已經恢復原狀。

……我在一間石造的房間中躺在一張樸素的床鋪上。是我的房間。

總覺得腦袋好暈。手好痛，痛到不行。我不禁一邊呻吟一邊抱緊棉被，拚命忍耐疼痛。

雖然前後的記憶有點模糊，不過剛才似乎是古斯聽到我的叫聲而穿牆趕過來的。據說我當時也不顧自己的手臂被燒，一直搖著動也不動的瑪利，近乎抓狂地不斷在吼叫的樣子。

而古斯立刻就把我拉開，並且為我施予包含魔法在內的各種緊急處理……可是想當然，我的手掌到手臂還是被燒傷了。

我有聽說過真的燙傷是很痛的，但沒想到居然會這麼痛。兩隻手臂不斷傳來劇烈的疼痛。據說大範圍重度燙傷的患者在治療中甚至會向周圍的人懇求「乾脆把我殺了吧」這種話，而我現在也能理解那份感受。當然會想那麼講了。

「關於威爾的手……會自然痊癒嗎？」

「很難……雖然手指之間幸好沒有黏合，但不可避免會留下燙傷痕跡吧。」

我好像聽到很恐怖的話。

不過，想想也對。

畢竟我當時的感覺就像抓住了正在燃燒的煤塊，而且還死也不鬆手。現在雖然有用清潔的布料包住，但可以感覺得到體液正一點一滴滲進布中。

要是把布拆開來，那模樣絕對可怕到不堪入目吧。一想到自己以後搞不好連張握手掌都會有問題，就不禁覺得恐怖。

……然而，我心中卻很不可思議地感到平靜。

「威爾……對不起，威爾。都是我……都是我……」

「不對啦。歸根究柢，是撒謊跑去偷看的我不對。」

既然瑪利會恢復原貌，表示剛才那現象大概平常就是那樣，只是怕我會擔心所以才對我隱瞞的吧。

而我明明沒有必要卻想要拯救瑪利，結果害自己受了嚴重到會留下疤痕的傷。

「瑪利沒有必要道歉的……看到妳平安無事，真是太好了。」

那是因為我的無知而做出的魯莽行動。可能也會有人覺得我很愚蠢吧。

不過我還是不禁鬆了一口氣。

或許我那是完全沒有意義的行動，但至少瑪利現在平安無事。

自從出生在這個世界之後，一路來溫柔養育我的瑪利平安無事。

我做出行動了。

我為了瑪利不顧一切地做出了行動，沒有為了自保或算計而裹足不前。

沒有像上輩子那樣遇到什麼事都只會找藉口，害怕承擔風險而故步自封。

因此……

「……妳不要那麼在意了，好嗎？」

我可以打從心底對瑪利露出微笑。

妳沒有必要道歉的。能看到妳平安真的是太好了。

「威爾……」

瑪利沉下眼皮，全身顫抖起來。

因為我平常從沒見過她那樣的表情，看不出她現在內心在想什麼。

「謝謝、你……威爾……真的、謝謝你……」

瑪利抱起我躺在床上的頭。

燃香的味道頓時撲鼻而來。不會讓人感到不快，而是可以讓心靈平靜下來——

「……好啦，話說你為什麼要裝病去偷看瑪利禮拜？」

等瑪利情緒冷靜下來後，布拉德對我如此問道。

他的口氣很嚴厲，看來是打算斥責我的樣子。

嗯，那也是當然的。雖然自己講這話也有點奇怪，但姑且不論原委，既然犯了禁止事項又因此受了傷，的確應該要好好罵一頓才對。

「……因為我一直很在意，你們三人究竟為什麼會在這種地方，身為活人的我又是為什麼會在這裡。所以我想說你們要我別看的禮拜行為中或許會有什麼線索……」

心理學所說的「禁果效應」也好，民俗故事中常見的禁忌也好，越是被禁止的事情，有時候反而會越讓人在意。

不過我本來的打算是如果沒什麼大事，我只要偷看一下就好的。要不是瑪利變成那樣的狀態……不，這是藉口啊。

「我應該有講過，等你長大之後總有一天會告訴你吧？」

布拉德做出嘆了一口氣的動作。

「你覺得我們會毫無緣由就禁止你做什麼事嗎？或者你覺得我們是什麼騙子……威爾，你腦袋那麼聰明，總該知道我們會禁止就有禁止的理由吧？」

是，說得一點都沒錯。這全都是我自己忍耐力太差了。

「呃、那個、布拉德，你也沒必要講到那種地步嘛。這是威爾出自小孩子的好奇心……」

「瑪利暫時先安靜點。」

讓戰戰兢兢幫我講話的瑪利退下後，布拉德又低頭望著我說道：

「威爾，你有什麼其他理由或藉口想說嗎？」

「……沒有。對不起。」

我的話才剛說完，布拉德就高舉起他的拳頭，用力敲在我頭上。

磅！衝擊力道當場貫穿我全身。

「～～～！」

頭好暈。生理上的反射現象讓淚水滲出我的眼眶。

「以後你有什麼事就要找我或瑪利好好商量。畢竟這一帶都是廢墟……總之很危險就是了。要是讓你隨便行動，我可受不了。」

我「是」的一聲點頭回應後……腦中不經意想到：包含前世在內，我究竟多久沒有被人罵過了？上輩子我周圍的人都對我徹底放棄，認為罵了也沒有意義，總是對我能不碰就不碰。

而現在布拉德則是為了我故意扮黑臉，抱著今後搞不好會被我迴避、被我恐懼的覺悟，好好教訓了我一頓。

……挨罵了卻會感到開心，總覺得有點奇怪呢。

「另外，威爾。」

「……？」

布拉德接著鬆開拳頭，粗魯地來回摸我的頭。

「你為了拯救瑪利挺身而出的勇氣可嘉。那燒傷就是你身為男人的勳章喔。」

「…………」

我的嘴角忍不住揚起來。

「畢竟我可是布拉德的徒弟啊。」

「哦，你這傢伙還真會講話！」

看著互相嘻笑玩鬧的我們，瑪利鬆了一口氣似地笑了，古斯則是一副無奈地聳聳肩膀。

「話說回來，瑪利，關於妳禮拜的行為，乾脆就告訴威爾了吧。」

等現場氣氛平靜下來後，古斯如此開口說道。

「雖然關於咱們的來歷要是隨便告訴他又講得不夠清楚，這小鬼搞不好會推理再推理，最後得出什麼很要不得的結論……不過老夫也不想要一次又一次被捲進像今天這種騷動啦。」

「說得也對……我也覺得告訴他比較好。」

「……這麼說也是。這次的事情讓我明白了，太過於保密其實反而會很危險。」

聽到古斯與布拉德的意見，瑪利也點頭同意。

接著，古斯一臉嚴肅地對我說道：

「威爾，該怎麼說……這事情你聽了可能會覺得有點恐怖，不過還是聽咱們說吧。」

……恐怖？

「關於你吃的食物，那些其實是瑪利每次被火燃燒中喚出來的……」

……啥？

「你回想一下，瑪利面前不是擺了一個銀盆子嗎？食材就是禮拜結束的時候會出現在那裡的。」

「……你開玩笑的吧？」

「老夫怎麼可能拿這種事跟你開玩笑。」

等等。呃，等一下。

我的腦袋有點跟不上了。

「可、可以說明得詳細一點嗎……」

對於好不容易才講出這句話的我，古斯又進一步詳細解釋了。

所謂「祝禱術」……有時也被稱為「保佑」或「奇蹟」，似乎是一種藉助神明超自然力量的方法。

也就是以前古斯為我上課時曾稍微提過的，神明給予眷屬的保佑。

在神話時代的眾神戰役中，神明們紛紛失去了肉體，退到次元的另一方。而祝禱術就是透過施術者自己的身體，讓特定神明的力量降臨世界的術法。

神明的奇蹟能夠辦到各種古代語魔法做不到的事情，例如創造出被稱為聖餅或神酒的食物飲品，或是治療傷病。據說神明有時候會在不確定的狀況下給予啟示，引導其保佑的人類。再強一點的施術者甚至可以讓神明降臨到自己身上。

然而相對地，這術法也會受到透過《創造的話語》使用的魔法所沒有的限制。

既然要藉助於神明的力量，沒有和神明心靈相通自然就無法辦到。因此施術者必須在精神上與信仰上能夠讓希望藉助力量的神明感到中意。

另外，也不可以做出讓那尊神明討厭的事情。

換言之就是像面對同樣是善良神明的眷屬就無法使用攻擊性高的術法，或是壞事做多了甚至連使用祝禱術的能力本身都會被剝奪。諸如此類的限制。

像這樣有一好也有一壞的祝禱術，可說是與魔法並列的神祕。至於我為什麼至今都不知道這樣的東西嘛……

「因為老夫沒教過你，相關的書籍老夫也都藏起來了。畢竟你腦袋那麼靈光，要是讓你知道了，你搞不好就會推測出瑪利會使用祝禱術啦。」

的確，瑪利感覺很虔誠又善良，看起來就是會使用的樣子。

正如古斯所說，我想必也會這樣推測吧。

「如果你讀了老夫的書再推理一番，遲早會知道瑪利被火燒的事情……然後你肯定就會說出不希望瑪利為了幫你準備食材必須被火燒之類的話。即便告訴你咱們是高等的不死族，區區被火燒的程度很快就能復原，你想必還是會這樣講。」

「我當然是不希望瑪利那樣了……再說，為什麼瑪利會被火燒！」

「那是……」

「是因為我變成了不死族……背叛了地母神瑪蒂爾的關係。」

「瑪利……」

瑪利沉著眼皮，微微垂下頭，露出沉痛的表情。

「我們和不淨的不死之神斯塔古內特訂下契約，讓自己化為了不死族。而地母神瑪蒂爾與不死神是敵對關係。所以只要接觸到祂的神氣，不淨的不死族就會燃燒起來。」

我回想起神殿中地母神瑪蒂爾的雕像。以結實纍纍的稻田為背景，懷中抱著一個嬰孩，露出慈愛笑容的女性。

「……那是不可能被原諒的事情。」

因為背叛了，所以要遭受懲罰。瑪利如此說道。

然而，她即便如此還是要繼續禱告的原因……

「…………是為了我嗎？」

為了我。為了讓我每天有麵包吃，所以瑪利才會禱告的嗎？甚至不畏被烈火燃燒。

既然這樣——

「我、我會更努力耕作，也會去打獵！所以妳……」

「不是那樣的，威爾。」

瑪利用一臉溫和的笑臉否定了我的疑慮。

她柔和的聲音彷彿輕輕包覆了我全身。

「在與威爾相遇之前，早晚向地母神禱告本來就是我每天的例行工作了。」

……她並沒有在騙我。

瑪利不會用這樣的笑臉、這樣的聲音向我撒謊。

這七年來一起生活，讓我很清楚這點。

「地母神瑪蒂爾是小孩子的守護神。自從和威爾相遇後，我便開始會祈禱能否賜予一點食物……不過禱告的習慣本身並沒有改變。」

「……瑪利說的都是真的，老夫可以作證。」

「雖然我有勸告過很多次，要她別再那樣了。」

古斯一臉平靜地對我點點頭，布拉德則是表現得有點難受。

「為什麼？」

即使我有前世的記憶，我還是無法理解瑪利的行為。

簡單來講，瑪利在我來到這裡之前，是不求任何回報地讓自己每天被火燒的。

「……妳不會痛嗎？」

「會痛呀。痛到想哭呢。」

雖然沒有眼淚可以流就是了。瑪利微笑著說道。

就算自己背叛了，就算因此要遭受疼痛的懲罰……

「即便如此，我還是仰慕著地母神瑪蒂爾。」

……好美麗。

我頓時覺得總是一臉微笑的瑪利看起來好美麗。

雖然她是個外表像枯樹，或者說像即身佛的木乃伊，不管怎麼看，第一眼肯定都會先湧起「毛骨悚然」或「恐怖」之類的感想吧。

然而在我眼中看起來，瑪利非常美麗。

她恐怕是在不得已之下背叛了自己仰慕的對象，因此遭到拒絕，每當想要接近就會被烈火燒身……無論靠近多少次，得到的回報都是劇烈的疼痛。

那究竟是多難受的一件事。我包含前世在內的人生經驗都膚淺無比，心中也沒有任何信仰，所以無法理解她的苦痛。

不過我還是認為她肯定很難受，肯定很痛苦。就算因此想找個對象遷怒、憎恨也一點都不奇怪才對。

如果換作是上輩子的我，絕對就會那樣做。

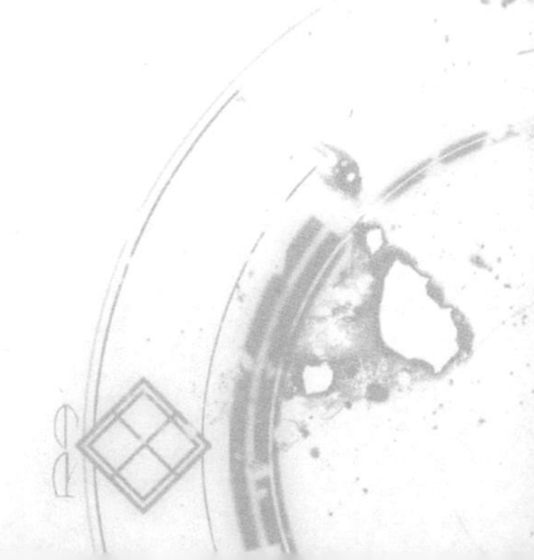

但瑪利卻是心平靜氣地接受了那份痛苦。我從沒看過她怒罵或憎恨任何對象。就是那樣的瑪利，讓我覺得無比美麗。

「假使就算我的禱告無法被接受……」

威爾。瑪利輕輕叫了一聲我的名字。

「我依然深信，我的禱告肯定會有意義的。」

……真的是那樣嗎？我不禁懷疑。

……若真是那樣就好了。但我也同時這麼認為。

「而且，瑪蒂爾雖然什麼話也沒說……但自從我與威爾相遇後，祂便每天都會賜予我聖餅，也就是麵包。」

地母神瑪蒂爾的雕像也抱著一個嬰孩。

瑪利說過，祂同時也是小孩子的守護神。

「即便無法得到原諒……光是如此，我就非常得到救贖了。」

這都多虧有你喔，威爾。瑪利口氣有點淘氣地如此說道。

「關於我一直隱瞞你的事情，真的很對不起……然後，如果你今後還願意繼續吃麵包，我會很高興的……」

手臂的燙傷。被火燃燒的瑪利。

光是這些理由，就足夠讓人無法吞下那些麵包了吧。

可是……

「嗯，我會吃的。」

我認為自己應該還是可以吃得下去。

「不過，我有個請求。」

「什麼請求？」

如果可以……

「以後讓我也跟妳一起禱告吧。」

對於瑪利所看到的東西，以及她感受到的東西……

我希望自己多多少少也能理解一些。

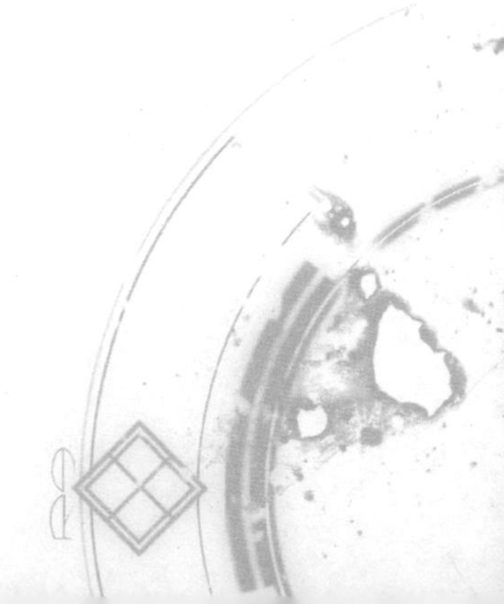

第二章

在冰冷的大廳中，瀰漫著彷彿連一聲咳嗽都會遭到拒絕似的寂然沉默。

我將雙腿盤為蓮花坐，手背放在膝蓋附近。稍微搖動身體，調整姿勢。接著宛如一根棒子貫通天地般伸直背脊，縮起下巴。

在寬敞的神殿大廳中靜靜閉上眼睛。

「…………」

視覺被遮蔽，聽覺、觸覺、嗅覺與味覺感受到的刺激也少得可以。

我緩緩吐氣後，輕輕吸氣。吐氣與吸氣合為一組動作，在心中計算次數。

一、二、三、四、五……

將全神貫注於數數上。要是產生了雜念，就從頭開始計數。

——所謂『進入無心』並非不去思考的意思。那樣只會讓自己不斷想著『不要思考』這件事，陷入沒有意義的循環之中。像那樣在言語和概念上打轉的遊戲，是無法讓自己進入無心的。

——所謂的無心，所謂真正的無心，是指將精神不斷集中在『當下』的意思。不論是對過去的回想或是對未來的幻想，都要從腦中趕出去。要全神貫注，只想著眼前的『當下』。

——要把自己完全拋在神明面前。不是過去的自己，也不是未來的自己。而是將此時此刻在此處、最純粹不經裝飾而渺小的自己放到神明面前。沒有所謂的密技，就只是一心不亂地這麼做。思考現在，集中精神，把自己放出去。這就是『無心禱告』的做法。

瑪利說過的話閃過我腦海，但很快又隨著計算呼吸而消失了。

一、二、三、四、五……

只顧不斷反覆，將精神集中在計算次數上。

其他什麼都別想。

聽到了風的聲音。遠處傳來鳥啼。

皮膚感受到自己坐著的感覺。

不斷反覆，計算次數。

吐氣。吸氣。感受到了呼吸的聲音，心臟的脈動。

不斷反覆，計算次數。

計算次數。

計算。

往深處。

往無止盡的深處。

彷彿潛入一片藍藍深海中的感覺。

往深處。

往深處。

往無止盡的、深處——

——不知道究竟『潛』了多久的時間。

「叮」一聲搖鈴的聲音，讓我回到了現實。

張開剛才緊閉的眼皮，神殿中的光景看起來莫名鮮豔。

太陽已經完全下山，燈火照耀著四周。在冰冷的昏暗之中，被搖曳的火光照亮的神像雕刻無比豔麗，相當夢幻。

……人類很容易習慣各種事物。

一旦習慣了『看』的行為，對看慣的東西就會看得含糊隨便。一旦習慣了『聽』的行為，對聽慣的聲音就會聽得含糊隨便。觸覺亦然，嗅覺亦然，味覺亦然。

那是因為對刺激變得能夠對應得更有效率的緣故。

然而相對地，也會讓人忘記感動，讓感性變得遲鈍。

我非常喜歡從深沉的禱告中清醒過來的這個瞬間。

彷彿是重獲新生般，無論是眼睛看到的或是耳朵聽到的，一切都會感到新鮮無比。全身的感覺都像是長年淤積的髒汙被擦拭乾淨似地有一種爽快感。

沉浸在餘韻中一段時間後，我緩緩解開蓮花坐。因為長時間保持同樣姿勢的關係，全身上下到處痠痛。

「……好，辛苦了，威爾。」

就在這時候，手中握著搖鈴提示禮拜結束時間的瑪利對我開口說道：

「為期五天的『沉默禱告』就到這裡結束。」

「妳、妳也辛苦了……」

我今年虛歲十三。自從我的手臂被燙傷之後，已經過了五年。

事實上，那燙傷的疤痕據說只要瑪利抱著被火燃燒的覺悟，就能靠祝禱術治療到不留痕跡的程度。然而我拒絕了那樣的提議。

一方面是因為我覺得沒有必要為了治療這種傷還要特地讓瑪利被火燒，而且布拉德也說過這是男人的動章。

在古斯包含魔法在內的各種治療下，我經歷難受與痛苦之後，一如原先大致上的預想，從我的手心一路到手臂留下了大塊的變色痕跡。據說這已經算是治療得很好了。其實我本來還抱著傷痕可能比這更悽慘、腫得更難看的覺悟，因此我甚至還感到有點掃興的程度。

……如今那『動章』依然纏繞在我的手臂上。

從那事件之後，我的身體日漸長高。

現在我的視線已經與瑪利同高，也相當接近古斯。至於布拉德嘛，雖然還是必須抬頭仰望，不過他有說過我『變得威武』了。

畢竟這世界沒有像我上輩子用的測量工具所以我不太確定，但我想自己應該已經超過一百六十公分了。

在這個世界要測量東西時主要都是靠身體尺……也就是像拇指與食指比成手槍的形狀後兩指距離大約十五公分之類的……但我還是忍不住會想換算成公制單位，大概是因為前世記憶的關係吧。

言歸正傳，講一下到今天為止的這五天。

古斯與布拉德的課堂我都請了假，參加了一場『沉默禱告』。這是祭祀地母神瑪蒂爾的修道院會在冬季舉行的嚴格修練，據說瑪利生前也體驗過幾次。

而這個修練內容實在很驚人。

從第一天日出到五天後的日落為止，除緊急狀況之外禁止一切發言。甚至連指示都是靠鳴鐘或搖鈴，除了最低限度的睡眠以外，其他時間就是不斷禱告。

起床禱告，坐下禱告，走路走到全身痠痛也禱告。適度休息後又坐下禱告，就寢時禱告。吃飯時感謝的禱告，觀察自己、與自身對話的禱告，請求保佑的祈願禱告，讚頌神明的讚美禱告。

各式種類的禱告都完成之後，最終的收尾就是我剛才那延續好幾個小時的無心禱告。

……誰辦得到啦！白痴嗎！剛聽到修練內容時我自己也這麼想過，不過人意外地只要有心就能辦到，真是恐怖。

順道一提，瑪利就算再怎麼能撐，那樣長時間的持續禱告還是會讓她被燒到消滅的。因此她只負責在旁輔助我，這也是沒辦法的事情。

我雖然有稍微想過『都禱告了這麼多，我會不會也獲得祝禱術的力量啊？』之類的念頭，但始終都沒有絲毫跡象，看來祝禱術真的很重視和神明之間的緣分。

據說即便是非常虔誠的信徒也有很多人沒能獲得術法，所以大概就是這麼回事吧。

不管怎麼說，總之瑪利在禱告方面的教育可說是相當嚴格。不過……

其實這還算好了。

◆

瑪利的教育中最嚴格的內容，也就是到『沉默修行』的程度。

而她平常頂多就是教我怎麼做鞋子啦、怎麼縫衣服啦、怎麼種菜啦、怎麼做才符合禮儀之類的。該怎麼說呢，就是在常識範圍內，給人療癒的感覺。

相較之下，古斯的課程最近變得有點奇怪。

他雖然總是露出一臉很不耐煩的表情，但還是會為我上課。不過課程內容變得越來越難，而且一次所教的分量也越來越密集。

說到那密度，簡直不是開玩笑的。

暗記各式各樣的《話語》，把《話語》互相組合成句子或文章；為了能靈巧發話、詠唱而進行的發聲、發音訓練；再加上從幾何學、算數、修辭、辯論等等的知識，到地理、歷史、法學、天文、土木建築、醫學、經濟與經營等等學問都排進課程內容，還叫我隔天就要全部記起來。

到了隔天就是測驗，然後再塞更多東西，再測驗。十幾天再來一次總複習……疲勞轟炸的程度讓人覺得填鴨式教育根本是小意思了。

老實講，我甚至懷疑古斯會不會是在期待我快點叫苦投降。

當然關於幾何學和算術等等部分，我可以依靠前世的記憶，而且我在數學方面還算拿手，所以可以把這些當成歇一口氣的時間。可是到了最近，這招也行不通了。

因為古斯只要知道我會了，就會像跳級一樣跳過那部分，再追加教我更多的東西。

我也不是沒想過稍微裝傻混一下的念頭，但既然都已經下定決心要認真活下去，我就不想對自己放水。

值得慶幸的是，這個威爾的身體還很年輕，記憶力也很好，讓我勉強可以跟得上進度。

……另外，跟著古斯學習到這邊也讓我明白了一件事，那就是他真的非常博學，而且懂得都非常深。

以前布拉德跟我提過，古斯過去被人尊稱為《徬徨賢者》（Wandering Sage）。所謂的『徬徨』是指徘徊流浪的意思。而我多少可以感受得出來，古斯從前想必是真的到各地流浪過，從經驗和知識兩方面累積學問的。

這個世界的文明水準如果不考慮魔法等方面，應該比我上輩子的世界落後很多……但無論是關於生物構造的話題或者建築步驟的話題，古斯都能講得毫不遲疑而且相當實際。

他所講的內容完全沒有我前世的中古世紀學問中常見的幻想部分可以插入的餘地。

順道一提，關於在我上輩子的世界中是幻想產物的亞人或幻獸等等存在，古斯也能講得毫不停頓。聽著他那些似乎是基於真正遭遇過的經驗所說的內容，我都不禁會覺得用上輩子的知識找小漏洞質疑的行為根本是很愚蠢的……畢竟在我眼前就有個貨真價實的幽靈啊。

不管怎麼說，總之古斯的課程內容就是像這樣的超高密度教育。

雖然我拚命讓自己能跟上進度，但也不曉得究竟能跟到什麼時候。

古斯在個性上有些乖僻，要是我不小心叫苦一聲，他搞不好就會立刻中止對我的教育。因此我一句怨言也說不出口，只能努力完成眼前這些分量龐大的課題。

他的教育相當嚴格。說是有點奇怪也不為過吧。

……然而，其實古斯的課程還算是第二好的。

相較於古斯，布拉德的教育更奇怪。不是有點奇怪而已，是真的奇怪至極。

從武打遊戲發展到練習揮舞木劍、木槍等等，然後學一些動作型，到這邊我都可以理解。從打獵延伸到學習設置陷阱或追捕狩獵、殺死大型動物、在森林中野外求生好幾天等等，這些我也可以理解。身體成長到一個程度之後，開始施行正式的跑步與肌力訓練等等，從布拉德的教育方針考慮起來我當然也能理解。

把不知從哪裡拿出來的——為了不要讓小孩子碰到所以會藏起來也是當然的——真劍、真槍及正式的皮鎧裝備起來然後跑步、練習揮舞和擺動作型等等，以戰士教育來講我覺得也是理所當然。

可是接下來的訓練就很奇怪了。真的很奇怪，簡直瘋狂。

「好，那麼從今天開始，我要把你丟進真正的實戰中。」

啥？

「話說在先，攻擊你的傢伙腦子裡都只會想著要殺死你喔。」

……啥？

「那就出發吧。當然我也會在旁監督，但如果發生意外還是真的會喪命的。你可別死啦。」

…………啥啊啊啊啊？

◆

就從結論講起吧——我吃了一場相當大的苦頭。

具體來說，布拉德首先指示我拿起一把長劍跟一塊圓盾，然後就讓我跟他不知從哪裡抓來的下等不死族互相廝殺。

對方是個沒有耳鼻、只有一隻眼睛、彷彿在笑的彎月形嘴巴教人感到毛骨悚然，全身又黑又乾的怪物屍體。體格大致跟我相同，一被釋放就立刻舉起牠有缺損的爪子朝我攻擊過來。

……實在有夠恐怖的。

也許有人會覺得『你明明都訓練過那麼多次了還怕什麼？』但是訓練和實戰根本就不一樣。

對手抱著想殺死我的意志，是很可怕的一件事。我不知道究竟該怎麼表現才能傳達那份恐懼……

交戰雙方都為了盡可能讓意外死亡或嚴重傷害不要發生而在各種限制之下進行的訓練，會讓人莫名有種安心感。就算對方做出不顧風險的奇特行動而我方無法對應，也不會受到什麼重傷或死亡。相反地，就算我方抱著承擔風險的覺悟嘗試大膽的行動，萬一結果失敗同樣也不會受到重傷或死亡。

對於『冒風險』這種行為的代價很低，也因此可以嘗試各種行動，檢討利弊，從中學習到一、兩項真正有用的東西。

在我上輩子的世界中，確立了安全比賽機制的武術或格鬥技便能蓬勃發展並獲得普及。

然而在實戰中，所有行動都會伴隨風險。

有時候光是一個攻擊沒擋下、一個腳步沒踩穩，就會讓戰鬥當場結束。

而等待著自己的就是喪命，是死亡結局。

一切的行動無論風險多寡，都有可能連結到死亡。

這會讓人腦袋變得一片空白，不知道自己究竟該怎麼做才對。

當然我保有前世的記憶，但從感覺上我知道這是極為稀有的案例，因此打從一開始我就不期待『還會有下輩子』什麼的。或者說，假設就算真有下輩子，在生理上對死亡湧現的忌避感還是難以克服的。

另外，恐懼的感受並不僅限於對致命傷而已。

要是眼睛被戳到就會瞎掉，要是肌腱被砍斷、手腳就會無法動彈。也有可能喉嚨被毀，或是手指缺損。我上輩子好像在那裡聽過，鼻子被砍掉的人會讓鼻水流不停，不知道那是不是真的？

總而言之，伴隨對手釋放的殺氣，這些恐怖的可能性也會同時朝我襲來。視野頓時變得狹窄，心跳加速，呼吸急促，身體發抖，思考停滯……

——然後無關乎這些現象，我一劍便砍死了對手。

用盾牌將不死族朝我揮來的爪子彈開，往斜前方踏出腳步與對手擦身而過的同時，朝對方身體使出一記反擊的橫斬。徹底鍛鍊過的下盤發揮旋轉力道，透過肩膀與手臂的肌肉用力一砍。

紮實的手感瞬間傳來。

我緊接著拉開距離進行確認，便看到全身乾燥的不死族被一刀兩斷，化為塵埃漸漸崩散。

……我在實戰中體驗到的恐懼絕不是假的。不過即便如此，我從小一路鍛鍊過來而勇敢正直的肌肉卻毫不理會那些膽小的思考，自發行動。對手這樣攻過來就這樣動、這種狀況下這麼做是最好的等等，這些判斷都已經化為反射動作浸透我的身體。

受過戰鬥訓練的士兵或格鬥家，在我上輩子的世界中經常會被稱為『殺戮機器』，而我現在也明白的確是那樣沒錯了。徹底鍛鍊過的戰士透過機械性的反射動作就能殺死敵人。

正如布拉德曾經所說，恐懼或厭惡等等所有感情都會被擱置在一邊。

「呼………」

我剛才砍死的怪物，應該是惡神之一——次元神迪亞利谷瑪的眷屬，也就是稱為『惡魔』的存在。而且想必是當中位階比較低、比較弱的傢伙。

這是我在古斯的博物學課程中學到的東西，所以不會錯。

……不過我聽說惡魔是異次元的生物，被擊斃之後多半都會當場消滅才對。沒想到也會有化為不死族的存在，或許是很少見的案例吧。

我低頭看向被我擊倒、化為塵埃的怪物，同時心中思考著這些事情。

雖然對方是不死族怪物，但我明明是砍殺了呈現人類外型的對手，內心卻很不可思議地沒什麼激動的感情。沒有興奮、沒有恐慌也沒有混亂。假設現在被同樣的對手再度襲擊，我應該也同樣能夠當場砍殺對方。

……對於奪取生命的行為之所以沒什麼動搖，大概是因為至今的訓練過程讓我很熟練了吧。

確認對手完全化為塵埃後，我看向布拉德，發現他一臉呆滯地站在那裡。雖然骷髏頭不會有什麼表情變化，但他半開著嘴巴一直望著我。

「布拉德，我贏了……你怎麼啦？」

「哦、哦哦，沒錯，你做得很好……呃～以初次廝殺來說，還算可以。」

雖然他講得好像沒什麼大不了的樣子，可是聲音有點興奮，聽起來似乎很開心。

看來對於布拉德來說，我剛才的表現非常好。

只是考慮到萬一我得意忘形會很傷腦筋，所以他才沒有大肆誇獎的。

「哼哼～」

看出他這樣的想法後，我也感到開心。因為我把布拉德教過我的東西都好好學起來了。

這點讓我心中相當自豪。

……好啦。

我剛開始有說過自己吃了一場苦頭，但這種程度感覺並沒有那麼誇張是嗎？

……錯了，接下來才是誇張的部分。

「啊、喂，你別得意忘形。我只說『還算可以』而已，『還算可以』……」

「少來～別逞強啦。其實我是天才對吧？」

我有點調皮地如此說道。

當然我只是在開玩笑，是抱著讓布拉德吐槽的打算。可是……

「……天才、嗎？說得也對……你或許真的是個天才……」

布拉德卻不知道為什麼用有點認真的語氣回應我的玩笑話之後……

「好，那就把預定計畫提前，來點更吃力的內容吧，天才！」

他竟然一副很開心地對我講出了這樣極為恐怖的發言……真的假的？

◆

場景來到平常總是從神殿所在的山丘上眺望的那座廢墟都市。

在這座因為太危險、所以布拉德過去從不讓我靠近的城市底下，我第一次知道原來還有構造很複雜的地底部分。

在我進入之前，布拉德才告訴我，以前這裡是人類與名叫『矮人族』的種族居住的都市。

所謂的矮人族擁有矮小而強壯的身體，擅長冶煉、工學與建築，親近大地而喜好居住在地洞中，在城市也會構築巨大的地下城。

而現在這座廢墟的地下城，據說已經變成了像布拉德抓來那種缺乏知性的凶暴不死族徘徊的危險場所。正因為那些不死族偶爾會從地底下冒出來，所以布拉德才會禁止我靠近廢墟都市。

……而我現在就站在那樣的地方。

身上的裝備有衣服、鞋子以及皮鎧，長劍、短劍與圓盾，另外就是背包裡裝了水的水袋、麵包和肉乾。布拉德要我只靠這些東西一個人逃脫，就把我丟在地下城的深處後離開了。

眼前是一片深邃的黑暗。

不只是『昏暗』而已。別說是往前一步的距離了，甚至伸手放到眼前都看不到。一絲光線都不存在的黑暗，連平衡感都會變得混亂。

……或許有人注意到了，我一開始拿到的裝備中並沒有照明類的道具。

早就已經沒有眼球的布拉德似乎可以靠其他超自然的知覺認識周圍狀況，而我是在一片漆黑之中被他抱到這地方來的。

當然我根本不可能記得來時的路。然後布拉德也不給我任何燈具，就這樣把我丟在不死族的巢穴中，成為現在這個狀況。

……光是一開始的條件就太誇張了。

不過恐慌也解決不了問題。簡單來講，這是布拉德給我的應用問題。只要我把至今學過的東西巧妙地融會貫通，應該就能處理這個狀況。

我深吸一口氣後，透過彷彿將觸覺擴展到皮膚之外的感覺，感知周圍的瑪那並共鳴。接著拔出短劍，在手中的盾牌上小心翼翼地刻下代表燈火的《話語》——《光》(lumen)。

於是盾牌立刻發光，用魔法燈火清楚照亮周圍十公尺左右。不會像火焰一樣搖曳，亮度也很高，是接近前世螢光燈亮度的魔法燈火。雖然大約幾個小時就會熄滅，不過刻出來的《話語》只要凝聚起周圍的瑪那就能再度發光。

我利用這燈火確認周圍狀況，發現這裡似乎是一個小房間。

有一處出入口，光線照不到的前方是一片漆黑。大概是有風透進來的關係，可以聽到宛如低鳴般的風聲。

——我不知道需要多久才能脫逃出去。

看來問題就在休息時間了。因為單獨一個人沒辦法輪流站哨。要在這種環境中休息，需要好幾道準備工作，以及相當大的膽子。

我想像了一下在昏暗的房間中抱著大腿休息的情境，頓時有點不寒而慄的感覺……然後不經意想到：明明我上輩子一直都獨自窩在房間裡的說，真是諷刺。

這十年來，我身邊總是會有布拉德、瑪利、古斯。

「……原來自己一個人，是這麼寂寞，這麼讓人不安啊。」

我如此小聲呢喃。在不知不覺間，我連這樣的事情都遺忘了。

布拉德想要考驗我的，大概是綜合性的實戰能力吧。

在嚴格的實戰環境中能夠頑強對抗的肉體。

面對各式各樣的狀況都能靈活對應的技術。

在危險與孤獨之中依然能保持平靜的精神。

把他們三個人教導過我的東西綜合起來，然後即使沒有他們在身邊也能好好發揮。

這就是這場訓練的意義。

我今年虛歲十三，不久後就要十四歲。

這個世界的成人年齡是十五歲，因此我應該能獨立生活的時期就快到了。

——真希望能用最棒的成果給他們瞧瞧。我不禁這麼想著。

我想告訴他們，教育我的東西都有好好成形；我想讓他們覺得教過我是很值得的；如果可以，我希望他們能感到驕傲，認為我是值得自豪的徒弟。

所以說，我要盡自己的全力去行動。如此下定決心的我，在迷宮中邁出了步伐。

◆

一條帶刺的尾巴從視野死角襲來。我用盾牌彈開的同時……

「——《沉默吧（tacere）》，《嘴巴（os）》！」

毫不遲疑地發出強迫沉默的《話語》。於是我眼前的骨骼怪物立刻緊閉下顎，中斷了他原本要發出的《話語》。

我不放過這個機會，想要拉近與對手的距離。然而如暴風般揮甩的短槍卻讓我不得不緊急停止並往後退下。

……一對彷彿黑暗凝聚的空洞眼窩與我互瞪著。

這裡是地下城的大廳。

在我眼前有一隻化為骸骨的惡魔。

如果用一句話形容他的外觀，大概就是人類與鱷魚的混合種吧。

身高約兩公尺左右，頭骨讓人會聯想到恐龍。與體格相襯的粗壯背脊上排列了各種突起物，莫名細長的尾巴前端甚至還帶有尖刺。

而他長得像人類的手上，握著絲毫沒有生鏽的短槍。

我記得在古斯的課堂中有學過，應該是叫『維拉斯庫斯』的惡魔。

下顎的力道足以咬碎金屬鎧甲，從出人預料的方向襲來的尾巴可匹敵暗殺者的攻擊。擅長各式各樣的武器，連《創造的話語》都會使用，算是位階很高的惡魔。

強韌的鱗片與橡膠般的外皮，再加上厚實的肌肉，棘手的程度有如全身穿戴鎧甲的騎士。不過現在我眼前這隻因為已經化為骸骨，失去了那些防護，算是比較幸運的部分。

古斯在課堂中有說過，即使派十名戰士對付這傢伙，最後也只會留下十具屍體。但那或許只是一種誇張表現而已。

……因為我眼前這傢伙跟布拉德比起來，動作遲鈍得多了。

「喝！」

我抓準時機，一口氣拉近距離。

用盾牌架開對手刺出的短槍，盾與槍「軋軋軋」地發出摩擦的聲音。

當我逼到對手眼前時，維拉斯庫斯立刻用他已經無法使用魔法的嘴巴朝我咬來。

不過這早就在我的預料之中，於是我壓低身體、翻滾避開之後——起身的同時將長劍刺進對手尾椎附近。緊接著扭轉劍身破壞了尾巴的接合點，我便感覺到對手打算再次從死角攻擊我的尾巴前端當場失去力氣，崩裂散去。

維拉斯庫斯似乎很驚訝地一瞬間停止動作。

於是我趁勝追擊，架起圓盾，連人帶盾衝撞對手。

想當然，在通常狀況下只有一百六十公分左右的我，就算用身體衝撞足足有兩公尺上下的巨大軀體，應該也沒辦法讓對方有絲毫動搖才對。

然而現在我的對手全身只有骨頭，而且斷了細長的尾巴後失去平衡，因此我使出渾身的力氣連同盾牌一撞，衝擊力道就讓維拉斯庫斯在下個瞬間倒下。

我緊接著踩住對方短槍的握柄。

可是維拉斯庫斯卻立刻放開短槍，跳起來把雙手伸向我，朝我咬過來。

……一如我的計畫。

早已用雙手握住劍柄的我，將長劍高高舉起，迎擊對手。

「喝、呀啊啊啊啊啊！」

注入渾身氣魄揮下的一劍，把咬向我喉嚨的維拉斯庫斯的頭蓋骨當場擊碎。

骨片四散，高大的骨骼趴倒在地上。

——同時，我的長劍前端也被折斷，旋轉飛向空中。

然後「噹啷」一聲掉落在房間角落。

「…………啊。」

維拉斯庫斯漸漸化為塵埃。然而我一路來依靠的這把無銘長劍彷彿是做為擊退強敵的代價般，徹底被折斷。

我頓時臉色發青。

不妙。

在這個不死族到處徘徊的地下城中，沒有主要武器可用實在太糟了。

忍不住感到動搖的我，接著不經意發現維拉斯庫斯剛才使用的那把短槍並沒有化為塵埃。於是我撿起來一看，注意到那並不是惡魔風格，而是矮人風格的槍。

「嗯～……」

該不會這其實是從前住在這座地下城的矮人們留下的作品吧？

可是為什麼經過了這麼長的歲月卻絲毫沒有生鏽……我感到疑惑而觀察了一下，才發現短槍上各處都刻有《創造的話語》。

據古斯所說，在過去眾神戰爭的時代，神明們會在各式各樣的道具上刻下各種《記號》，創造出許多神劍祕寶。而矮人族據說繼承了那些技術的一部分，擁有將《話語》注入武器的密技。

也就是說，這把沒有生鏽的短槍就是地底之民矮人族造出的魔法武器。

這類武器普遍都極為堅固，而且對於像靈體的古斯那樣不受物理性攻擊的對手也能發揮效果。有些東西甚至還帶有像噴火或產生衝擊等等強烈的附加效果。

……然而，我現在沒辦法當場徹底鑑定。要使用一把不知道效果的短槍有點恐怖。

可是沒有主要武器能用是更恐怖的一件事。

唉呀，既然維拉斯庫斯都那樣正常使用了，應該不會有什麼危害使用者的效果。我事後再請古斯好好鑑定，現在就先利用這把短槍吧。

如此決定後，我便握住槍柄，試著突刺幾下，或是在手中揮舞。

……真是好用，簡直就像會吸附在我手上一樣。

「好。」

這下應該可以再出發了。

就在我如此想著，並踏出腳步的瞬間……

「…………！」

背脊忽然感到不寒而慄的我，趕緊轉回頭一看。

是古斯。

他全身釋放出殺氣，目不轉睛地盯著我。

◆

「…………古斯？是古斯、沒錯吧？」

我會忍不住如此確認，是因為對方的模樣看起來實在太陰森嚇人了。

有著鷹勾鼻與凶巴巴的眼神，腦袋聰明什麼事都知道，個性又有點乖僻的幽靈老人。和布拉德或瑪利不同，總是與我保持一段距離……可是只要我用真誠的態度反覆請教，他也會老實回應我的要求。

那才是平常的古斯。

我深深相信，他在最根本的部分肯定是非常善良而溫柔的人。

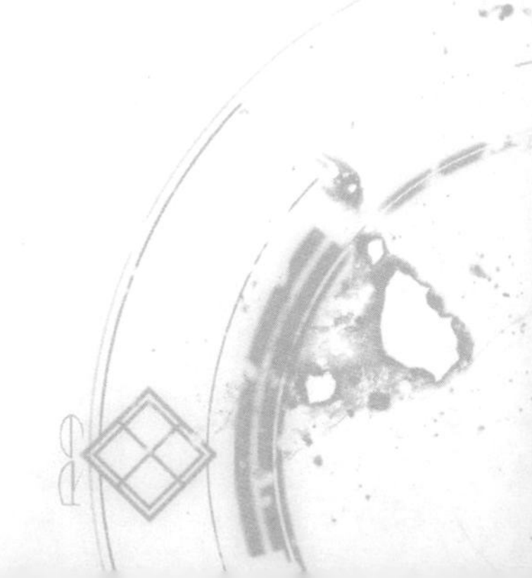

……可是，現在的他不一樣。

向我射來的視線中帶有明確的殺氣，舉起的手中可以感受到恐怕足以使用強大魔法的瑪那。

我的後頸附近彷彿被冷風吹到似地頓時豎起雞皮疙瘩。

「…………」

古斯什麼話也不說。

簡直像變了個人一樣。原來他只要帶著殺氣擺出架式，是這麼地恐怖。

但我無論怎麼看都不覺得那是幻覺或喬裝。

對方毫無疑問就是古斯。

然而，他為什麼會釋放出如此強烈的殺氣？

再說，他為什麼會在這裡？

「……啊。」

——當然我也會在旁監督，但如果發生意外還是真的會喪命的。你可別死啦。

我記得布拉德這麼說過。

會在旁監督但還是有意外死亡的危險性，反過來講就是只要沒發生意外就不會死。換言之，無論再怎麼嚴苛的狀況這都還是在上課的範圍內，除非我犯下嚴重的失誤或遭遇到敵人的瞬間就被殺，否則只要事情演變到我無法處理的地步，應該就會有人來救。

那麼又要怎麼來救我？如果要在這座地下城負責這樣的工作……首先最適任的就是能夠穿透牆壁的靈體古斯了。畢竟在這種像迷宮一樣的地下城中，要跟我保持遇到緊急狀況能及時拯救的距離並跟蹤我，瑪利應該辦不到，對布拉德來說肯定也很難。

當我在這座地下城到處徘徊、戰鬥、尋找出口的時候，古斯恐怕一直都在監視著我吧。因此換句話說……

「……這也是、授課、嗎？」

我戰戰兢兢地如此詢問。

或許這也是授課的一環，讓古斯負責當我的對手吧。

……若是這樣就好了。我心中如此期待著。

但我的本能卻一直發出警告：不對！不是那樣！

「這是、在上課吧？呃、及格條件是——」

古斯在半空中開始描繪起《話語》，代替對我的回答。

看到文字我就知道了，那是攻擊用的《話語》。

……是為了殺人而用的魔法。

「嗚！」

我如此判斷之後，便立刻選擇轉身逃跑。

究竟發生了什麼事，我還搞不清楚。

但總之我必須逃跑才行……！

我感受到這樣的直覺，於是一邊注意著背後一邊全力衝向大廳的出口。就在那瞬間……

「《啟動吧（expergisci）》……」

古斯用冰冷無比的聲音念出了《話語》。

結果我準備要逃出去的出口附近的瓦礫，忽然變成將近三公尺、幾乎要碰到天花板的巨大人偶，站了起來。

「什麼！」

那是用魔法力量創造出來的石頭人偶（哥雷姆）！

是古斯預先在瓦礫上刻下複雜的《記號》，然後詠唱出啟動用的《話語》。

而他用手指寫的文字是故意嚇我，讓我選擇逃跑的伎倆……也就是說……

這地方早已是古斯細心準備好的殺人區域。

當我察覺這點的時候，哥雷姆朝我揮出了拳頭。

「……！」

擁有壓倒性質量的拳頭，用圓盾是擋不下來的。

於是我抓準時機在千鈞一髮之際躲開後，刺出才剛入手的魔法短槍反擊。目標是對手腹部，讓它維持哥雷姆狀態的《記號》。

魔法短槍的槍尖宛如竹籤串肉似地輕易刺入了瓦礫形成的哥雷姆。我緊接著橫砍般削掉《記號》，哥雷姆便當場崩落，化為瓦礫——

下個瞬間，有東西忽然擦過我頭邊，撞在牆壁上伴隨硬質的聲響碎裂四散。

我趕緊往旁邊跳開。離出口越來越遠了。

是什麼東西射來了？我還來不及思考這個疑問，又緊接而來了好幾發——是瓦礫！仔細一看，古斯在半空中寫下的《話語》周圍有大量的瓦礫飄浮著。

它們就像手槍射擊般接二連三飛來。

是《石礫（stone blast）》的魔法，而且是極高難度的一種……！

「嗚、哇、啊！」

我在地板上不斷翻滾閃避。

細小的瓦礫碎片沒辦法全部用盾牌擋下，打得我到處像是被火燒到般疼痛。

就在我拚命調整呼吸，準備對下一波飛來的石礫發出《消除的話語》時……

「《落下（cadere）》《蜘蛛網（araneum）》。」

……我頓時不寒而慄。

那是我熟悉的魔法——《蜘蛛絲的話語（web）》。

以前我在和布拉德的訓練中使用過，深切明白這魔法有多恐怖。

於是我情急之下把《消除的話語》往上方發出，消去蜘蛛絲。

然後舉著盾牌想要衝向出口，但腳下卻冷不防地出現一灘油脂，害我滑倒。

怎麼回事？到底發生了什麼事？魔法產生的速度也太快了。

就算是古斯，應該也沒辦法用這麼快的速度連續使用魔法才對……我這麼想著，把視線望過去，才發現真相。

——古斯他一副理所當然地同時用嘴巴《詠唱》並用手指《記述》著。

「雙重魔法投射（double-cast）……！」

雖然理論上可行，但只要稍有不慎就可能自爆的《話語》，他竟然同時發聲與記述，而且還個別分配瑪那。

不用試我也知道，那絕不簡單。

「嗚……！」

面對追加飛來的石礫，我拚命翻滾閃避。

雖然我想逃到油脂（grease）的範圍外，但接著又是蜘蛛絲（web）。

麻痺、衰弱、遲鈍、睡雲。各種凶惡的弱化魔法接連襲來。

只要我稍微停下動作，馬上就會被石礫攻擊。

我雖然靠《消除的話語》以及身體動作勉強避開致命傷，難看地嘗試了好幾次逃跑，卻全都失敗。

即使已經拚了命對付，但我還是一步一步被逼到絕境……

古斯大概是感到不耐煩了，面無表情地緩緩張開雙臂。

「咦…………？」

伴隨瑪那的光芒，一左一右分別在空中寫出不同的《記號》。

再加上嘴巴依然繼續詠唱著《話語》。

……三重魔法投射（triple-cast）。

「騙人、的吧……」

我已經絕望了。

單純計算等於是古斯能夠再多發揮一人份的火力。

沒有讓我逃跑的餘地。我逃不掉的。會被殺的。

古斯用冷酷無情的視線低頭望著我，毫不猶豫地準備發動魔法。

他是認真的。他是真的打算把我殺掉。

為何？究竟為什麼？

「古斯……」

我連自己為什麼會被殺都搞不清楚，就要被養育之親殺掉了。

……我不要。

我不要。我不要那樣。

我不想死。我不想死！

淚水湧上眼眶。思考開始加速，不斷轉動。

我不想死。要快點逃。可是逃不掉。不可能逃得掉的。

我不想死。

我不想死。

不想死的話……

不想死的話，該怎麼辦？

——這把短槍是刻有《話語》、連靈體也能刺穿的短槍。

擲槍。把槍擲出去，射穿對手。我腦中響起這樣冷靜的呢喃聲。

現在的狀況或許我可以搶先一步。只要我刺中古斯，射中要害。只要殺了古斯，我就能活下去。

是古斯先企圖殺掉我的，就算他被殺也是當然的報應。所以……

刺他。刺穿他。刺他。刺他。

殺了他——！

我聽著迴盪在腦中發狂似的吼叫聲——勉強擠出微笑，讓僵硬的手放開了短槍。

短槍掉落在地上的聲音聽起來莫名響亮。

古斯似乎很驚訝地停止發動魔法。

「古斯……我說、古斯。」

我該對他說什麼？

不知道。但是，我知道一件事。

「古斯會想要殺掉我……是因為有什麼理由讓你不得不殺我對吧？」

要不是那樣，古斯不可能會想殺死我的。

只有這點，即便是遇到這樣的狀況，我依然深信不疑。

我很仰慕他。是真心仰慕著他。

「吶，古斯……爺爺。」

我張開雙手。

抬起下巴，亮出自己的喉嚨。讓他容易瞄準。

「動手吧，沒關係。不需要給我什麼**反擊的機會**。」

「————！」

古斯抽了一口氣，講不出話來。

好久沒看到爺爺這麼驚訝的表情了。我不禁這麼想。

或許是自從我小時候講到話語的那件事以來吧。

「……我知道的。」

說到底，如果古斯拿出真本事，他根本不需要演這種**鬧劇**。

這裡是只有我一個活人的地下空間。他只要大量釋放火焰魔法之類的，就能透過缺氧和中毒輕易把我殺掉。要不然就是更單純地，用衝擊魔法讓這間大廳的天花板崩塌就行。身為靈體的古斯既然可以穿透牆壁，當然也能穿透掉落下來的天花板，最後還是只有我會喪命。

然而古斯卻選擇用石礫魔法等等悠哉的手段殺我。

——簡直就像在給予我反擊的機會。

「我知道，我明白，可是……」

我明白那肯定就是古斯勉強找到的妥協點。但是……

「我一點都、不想要、跟古斯互相廝殺……」

淚水奪眶而出。

我也不想死。那很恐怖，非常恐怖。

即便有死過一次的記憶，恐怖的事情還是很恐怖。但就算這樣……

「比起自己死，我更不想要傷害古斯啊……」

某種難以克制的感情從胸口深處湧上來，讓我忍不住啜泣哽咽。

真是難看啊。我不禁這麼想。

……既然都第二次了，我本來希望能稍微帥氣一點接受死亡的說。

「如果那對古斯是很重要的事——那就動手吧。」

……古斯中斷了所有魔法，默默呆站在那裡。

看著那樣的他，我露出僵硬的笑容。

「你殺了我，沒關係……我不會害怕的。」

我緊閉起嘴唇，勉強裝帥。我不能夠死得太難看。

——因為我是古斯的徒弟。

「啊，不、不過，我還是希望你別讓我太痛、就是了……」

古斯他……默默無語地朝我接近。

我緊握起顫抖的雙手。

古斯接著對我伸出手。

我用力閉上眼睛——

「唉呀，抱歉！老夫有點太過火啦！呵呵呵！」

接著聽到的，是這樣一句話。

古斯用他透明的手假裝在摸我的頭，並莫名誇張地如此大叫。

「咦……」

我感到驚訝。

「不過畢竟占了地利，是老夫贏啦！雖然害你嚇到了，不過這下你也體驗到和魔法師的戰鬥啦！對吧？」

我感到驚訝的，並不是原來這一切都是在上課。

我驚訝的，是古斯打算**把一切都當成是在上課**。

證據就是古斯一句接著一句講話的聲音一點都不像平常的他。

為什麼？為何會這樣……難道是被情所動了？像古斯那樣的人物？

不可能的……那又是為什麼？

「古斯………」

「好啦，你什麼都別問了。既然你都打倒了維拉斯庫斯，還拿到了槍，布拉德肯定已經很滿意啦！這種讓人鬱悶煩躁的地方，咱們快快出去吧！威爾！」

古斯變得很多話。非常多話。雖然我想我當時的表情應該很難看，不過……

「對了，老夫剛才的《雙重》和《三重》很厲害吧？從今天開始，老夫也會把像那樣適合在實戰使用、不太規矩的技巧都教給你。所以你就別生氣了吧……？」

我猜古斯大概也露出了想哭的表情。

……關於這座都市，關於那三個人，關於我自己的來歷，各種謎團依然存在。布拉德或許是等我十五歲的時候會把這些告訴我吧。

解開謎團的日子就快到來了。

◆

和古斯的那件事情之後，我每天的日子依然過得和以前一樣。

我當時跟古斯一起抵達出口，和等待在那裡的布拉德會合之後，一句也沒提到和古斯的那場戰鬥。既然古斯沒有告訴布拉德，我相信肯定有什麼不說的理由。

當然，因為是在隱瞞事情，所以我態度上或許多少會有點奇怪。

不過我畢竟才剛經歷過那場極為瘋狂的訓練，被丟到不死族的巢穴中花了半天的時間逃脫生還，所以舉止上多多少少奇怪的地方，也被布拉德和瑪利誤以為是恐懼和緊張還沒消退的緣故了。

……另外，維拉斯庫斯的骷髏似乎其實是相當棘手的存在。古斯在報告訓練經過的時候提到「威爾和維拉斯庫斯打了一仗」後，布拉德便一副情有可原似地安慰了我一句「那古斯老頭會出手幫忙也是沒辦法的事啦」，而完全沒有考慮到我單獨獲勝的可能性。

但是聽到古斯接著說我是單獨一個人獲勝之後，布拉德的下巴就當場掉了下來。而且是一如字面上的意思，下顎骨掉落到地上。

他慌慌張張把下顎骨裝回去的模樣看起來實在有夠超現實的。

……話說，維拉斯庫斯真的有那麼難對付嗎？我總覺得比布拉德弱了好幾倍啊。該不會是因為某種理由被弱化了吧？我記得課堂中有學過，不死族在技能或能力上通常比起生前都不會有所成長才對。

「呃，維拉斯庫斯對布拉德而言是多難應付的對手啊？」

「嗯，我嗎？如果是我就直接衝上去砍了對方的腦袋，然後就結束啦！」

布拉德挺起胸膛如此說道。

……搞什麼。維拉斯庫斯果然沒那麼強嘛。

看來單純只是布拉德對我評價過低，或是認為我在實戰中無法發揮出實力而已。

「既然這樣，我只是打贏維拉斯庫斯根本還不算什麼啊。」

稍微得到一點力量就得意忘形只會摔得更慘，要小心才行。

聽到我如此警惕自己並說出的這句話，布拉德和古斯卻都露出奇怪的表情……

「哦、哦哦。」

「說、說得沒錯。」

然後分別含含糊糊地這麼回應我。怎麼回事？總覺得我好像誤會了什麼事情的樣子。

我還搞不清楚狀況下話題就此結束，接著開始討論我的戰利品了。雖然我在地下城有發現一些古老硬幣或裝飾品之類的東西，但礙於行李數量，最後帶回來的只有那把短槍而已。

畢竟這是我第一次得到的戰利品，因此那三人都感到很有興趣。

大家一起觀察著短槍，提出各種評價。

短槍的槍尖是直槍型，利刃部分稍長。和槍柄合起來的長度剛好超過我的身高。刃紋屬於直刃，刀鋒較大，鋼鐵表面潔亮無瑕。靠近刃尾的部分有一段往內縮細，而照布拉德的看法是這樣的造型相當出色漂亮。

握柄部分是很有品味的深褐色，據瑪利說似乎是一種叫核桃木的材質製成的。在槍尖根部還鑲了一圈刻有《話語》的青銅圓環。

雖然整體造型很符合矮人族注重實用為主的製造特色，不過那反而醞釀出排除了多餘裝飾的美感與存在感。

深色的槍柄配上光線照耀下閃閃發亮的鋼鐵槍尖。光想到這是屬於我的武器，我就一反平常的個性感到有點興奮起來了。

甚至忍不住握起短槍跑到庭院練習揮舞和擺架式的程度……說來害臊，但男人總是會希望擁有自己專用的武器或交通工具之類的啊。

同樣身為男性的人應該也能理解這份心情吧。

根據我重新向古斯請教鑑定的方法並一起詳細調查之後，知道了這是一把槍銘叫《朧月（Pale Moon）》的短槍。

在槍尖和槍柄分別有《創造的話語》附加的魔法效果。

槍尖是強化貫穿力與切割力，以及防止破損與磨耗的《話語》，另外還刻有以我之前用過的《光（lumen）》為基礎的《話語》，可以當成能調整範圍與亮度的照明工具。雖然沒辦法放出讓敵人眩目的強光，不過在暗處拿來當照明已經十分足夠，根本不需要攜帶火把了。

而槍柄部分除了同樣有維持硬度與品質的《話語》之外，還刻有物體伸縮相關的《話語》。似乎可以在保持硬度與韌性的條件下，幾分鐘內調節槍柄長度到某個程度的樣子。雖然沒辦法在戰鬥中忽然伸長，不過視狀況可以當成長槍使用，在狹窄的地方也能變成短槍攜帶。

……即使沒有像火焰或衝擊之類華麗的效果，但每個效果都非常方便，可以想像出各式各樣的用途。

好棒。太棒了。是真的魔法武器！而且是屬於自己的武器！

變得更加興奮的我忍不住嘗試用各種長度揮槍，而且明明沒什麼汙漬卻還是反覆擦拭。至於那三人，尤其布拉德和古斯則是始終用很溫暖的視線看著我。

◆

後來我又過著相當平靜的日子。

布拉德的課堂雖然變得偶爾會帶我進入地下城，不過我也已經習慣了。拿著《朧月(Pale Moon)》或長劍與化為不死族的惡魔們交手，累積了好幾場的實戰經驗。即使遇到維拉斯庫斯等級的敵人，對付起來也不再像上次那樣棘手了。

到後來我不但大致記住了地下城的構造，而且不管出現什麼敵人都不成我的對手，結果變得反而是我要背負不利條件才行了。例如只攜帶衣物和短劍進入地下城，靠著從不死族手中奪取武器防具之類的手段在現場準備所需道具，然後解決掉指定數量的敵人才能回來。剛開始的確很辛苦，不過我沒花上多少時間就學會怎麼應付了。

順道一提，我雖然有撿到各式各樣保存狀況良好的武器或裝飾品，但果然還是沒有比《朧月(Pale Moon)》更好的高級品。然而嘗試使用過各種低品質、量產品或高級品，從長到短形形色色的武器也是相當好的經驗。

另外古斯也遵守約定，教了我雙重或三重魔法行使等等非正式的技巧。

在我上輩子的世界中也有像左右手分別寫不同文字，或是一邊演奏樂器一邊表演其他項目的雜技表演，而魔法的多重投射便有點類似那樣的技術。訣竅就跟布拉德教的武術一樣，讓身體把各種有用的組合熟記起來，變得能夠自動施展。我雖然和古斯討論出幾種實用的組合並讓身體熟悉，但姑且不說雙重投射，三重的難度實在太高，我怎麼也沒辦法完全學起來。那想必是古斯經過長年修練得到的成果吧。希望我哪天也能追上他的實力。

……至於講座課程方面也有了變化。古斯不再對我施行嚴苛的填鴨教育了。

「你的學識已經很足夠啦。」

在平常上課用的房間中，古斯對我露出微笑點點頭。

「是時候教你些其他的東西了。」

「其他的東西？」

我如此回問後，古斯又「嗯」地點點頭。

「你和布拉德一起到地下城去，收集一些硬幣回來。讓老夫教你很重要的東西。」

聽到古斯用認真的語氣如此說道，我立刻伸直背脊點頭回應。

雖然我不清楚古斯要用硬幣教我什麼，但既然他都講到這個地步了。

肯定是什麼真的很重要的東西。

於是我和布拉德一起收集硬幣回來之後——

「哦，老夫等你們好久啦。」

我看到古斯手上拿著骰子、碗以及某種棋子與棋盤等待著我們。

「哦，老頭，要來一場嗎？好久沒玩啦。」

總覺得布拉德的語氣聽起來好像很興奮的樣子。

「嘿，威爾，你還沒玩過這個對吧！」

「…………」

「唉呀，只要玩過一次大概就能學會啦……威爾？」

「…………」

呃，古斯？

「怎麼？」

「這應該是所謂的『賭博』吧？」

「什麼賭博，講得那麼沒品味。要優雅一點，叫知性遊戲。」

「果然是賭博嘛！」

「唉呀唉呀，別那麼激動。」

「這教人怎麼不激動！是你說要教我重要的東西，害我那麼期待的說，結果居然是賭博！」

「別那麼說，知性遊戲可是不能小看的喔？」

古斯接著便滔滔不絕地開始講起他的歪理。

據他說只要成為一流的魔法師，精通知性遊戲也是修養的一種。

因為這類的遊戲偶爾會被拿來當成魔法師之間決鬥的手段。畢竟魔法在各方面的危險性太高，要是和因緣際會下起了爭執互相仇視的對手進行物理性決鬥，多半都會演變成兩敗俱傷而沒有意義的結果。因此有時候會選擇在起了爭執時簽下契約書，然後透過知性遊戲做個了斷……

我不禁聯想到上輩子也有以卡牌遊戲為主題的漫畫，而且仔細想想不只是漫畫情節，在真實歷史中也偶爾會有拿遊戲當決鬥或判決手段的例子。

這樣想想，果然在這個世界也稍微學一下賭博會比較——

「呃，不對不對！」

差點就被古斯說服的我趕緊左右甩頭。

「賭博就是賭博啊！瑪利絕對會生氣的！」

「哦，威爾……」

古斯咧嘴一笑。

「你是在害怕對吧？」

「啥？」

「沒關係沒關係，你用不著隱瞞。畢竟要和人稱《徬徨賢者(Wandering Sage)》的老夫正面較量知性遊戲，會害怕也是正常的。」

他的笑容看起來一副瞧不起人的樣子。

「說得對，瑪利應該會生氣吧。會想逃跑也是沒辦法的事兒吧！就逃吧！嗯，沒關係。老夫和布拉德玩個開心就好。」

甚至還故意「嘻嘻嘻」地發出嘲笑聲。

「……你少瞧不起人喔？」

於是我上鉤了。

對……就這樣被他騙上鉤了。

大家都知道，賭博是有成癮性的。在我上輩子的世界甚至有病態賭博，也就是「賭博成癮症」這樣的疾病名稱存在。

賭博輸了會產生焦躁與憤怒，贏了則會給予大腦快感與滿足等刺激。久而久之便會對刺激產生麻痺性，進而追求更強烈的刺激，於是沉迷於賭博中。

用不著特地引用前世的各種典故，被這種充滿魔性的遊戲魅惑的人就已經多到不勝枚舉了——

至於我究竟想表達什麼嘛……

「六六！好耶，我贏啦！」

「嗚！你這人在關鍵時的直覺依舊是這麼準……！」

「下一場，再來一次吧！」

就是我也不小心沉迷其中了。

我們在玩的有點像前世的「雙陸棋」，是擲骰子比賽讓棋盤上的棋子前進的遊戲。

「好好好，再來一場。不過先等一下，威爾你聽好了，讓我教你一個訣竅吧。像這種遊戲啊，有所謂的『流向』……」

「才不，流向什麼的根本是幻想！一切都是紀錄和機率而已，只要反覆合理的行動，最終就能……」

「講那種話，但最輸的不就是老頭你嗎？」

現在布拉德手邊有堆積如山的金幣。

他雖然零零碎碎的敗局很多，不過只要遇到勝負關鍵時都不會輸。

看著那樣的情景，讓我也忍不住會想相信真有所謂的流向或是直覺了。

「…………」

贏得第二多的則是我。

在我手邊是靠著腳踏實地的挑戰，以及避開與布拉德豪賭所得到的銀幣小山。

「唔唔唔……」

至於最輸的人就是古斯。

他雖然老是主張理論和機率很重要，可是每次遇到布拉德豪賭的時候就會丟棄那些主張選擇硬碰硬。大概是古斯倔強的個性在作祟吧。

我希望能這樣繼續維持在第二名，然後如果有機會就竄上第一名。那麼接下來的戰略就應該——

正當我想到這邊的時候，房門忽然「磅！」一聲被打開。

瑪利登場了。

我、布拉德與古斯都同時「啊！」地張大嘴巴。

「…………」

瑪利沉著眼皮，露出一臉溫和的微笑。

明明是和平常一樣的表情，我卻不知道為什麼全身不斷發抖。

「你們三個，乖乖跪下。」

她平靜的聲音讓我頓時噴出冷汗。

「呃、不、那個……」

「瑪利，這是有理由的……」

「話說，是古斯他……」

我們三人揮著手慌慌張張想要辯解……

「乖乖跪下。」

但是一看到瑪利的笑臉，大家都無法反抗了。

瑪利的說教是又長又嚴厲，讓我學到了一件非常重要的事情。

……沉迷於賭博真的很不好呢！

◆

賭場開張事件先擺到一邊，相對於課程內容變化很大的古斯，布拉德的課程倒是沒什麼改變。

「呼……！」

上半身赤裸的我吐著氣握住樹枝，反覆進行著引體上升運動。

注意讓背肌也能出到力氣，緩緩把自己的身體往上拉。

——只用**單手**。

「呼……！」

「哦哦，背部越來越結實啦。」

布拉德的訓練內容一點都沒變。

鍛鍊身體，訓練技術，狩獵爬樹攀岩，或是游泳採集，並在過程中學習魚類和植物的辨別方法。

訓練內容一點都沒變。

不過我的身體隨著訓練漸漸改變了。原本用雙手吊單槓改為增加重物，接著又改為只用單手。伏地挺身時也在背上加重物，或者改為用倒立的姿勢。

腹肌越來越明顯，胸肌越來越結實，手腳也越來越粗壯。一點一滴慢慢變化——變得越來越像從前的布拉德那種戰士的肉體。

「好，到此為止。」

我完成所有每日例行的基礎鍛鍊後，布拉德對我如此說道。

「今天要做什麼？互打嗎？」

「不，我今天想去採集蜂巢。你去沖個水把汗洗掉，多穿幾件衣服，然後拿幾塊布過來。」

我點頭回應後便跑去把汗水沖掉，多穿了幾層衣服，再回到布拉德的地方。

結果我見到布拉德探頭看著一個小小的壺內，露出賊笑。

「嗯？那是——」

「哦，你瞧。」

於是我也探頭一看，發現從壺中飄出野葡萄甘甜的香氣——以及刺鼻的獨特氣味。

裡面的液體還不斷冒著泡泡。

「聽好了，威爾，這個是把野葡萄榨出來的汁裝進煮沸過的壺……」

「……釀酒？」

「搞什麼，原來你知道啊！」

只要在含有糖分的液體中丟入某種菌類，那些菌便會把糖分解形成酒精，換言之就會變成酒了。

「那麼你說要去採集蜂巢是——」

「沒錯，我要把蜂蜜加進去提升糖分！」

想當然，糖分增加，酒精度數就會隨之提高，變成更烈的酒。

「既然是男人就要習慣喝酒啊。」

「……會不會被瑪利罵？」

「別～擔心，偷偷來就好啦，偷偷來。這是男人之間的祕密！」

被眼窩中的鬼火開心閃爍的布拉德這樣一說，我也很難拒絕了。

於是我忍不住被他說服，兩人在森林中到處尋找蜂巢，「哇哈哈」地笑著用濃煙把蜜蜂燻走後，得到蜂蜜並加進酒壺中。

布拉德也順便教我吃蜜蜂的幼蟲，沒想到其實挺美味的……連我自己都不禁在想：相較於前世，我變得還真是野性啊。

接著又過了幾天，我們確認有好好發酵成酒之後，便兩人私下交杯了。

不過想當然，布拉德既沒有喉嚨也沒有舌頭，把酒倒進口中也只會滴滴答答地落下去——

「啊啊，美味！太美味啦！」

他肯定嘗不出酒的味道，也不可能喝醉的。

但是他看起來一副很美味，很愉快的樣子。

「……嗯。」

而我也覺得和布拉德一起喝的酒很美味。

明明也沒什麼下酒菜，我們還是一杯接著一杯，以明月伴酒越喝越多。

心情漸漸變得輕飄飄地，只是開點小玩笑就會笑到樂不可支。

就這樣，兩人都喝得像醉鬼的結果——

「來試膽吧！」

「試膽？」

「去偷看瑪利換衣服！」

「哦～真需要膽量！」

「對吧～？」

「了不起～！」

我們哈哈笑著，不知道為什麼事情就變成這樣了。

在理性上我當然知道這是很糟糕的行為。

再說，那種事到底有什麼好玩的啦！即使是變得遲鈍的理性，我想還是有對自己吐槽這樣理所當然的疑問。

「哈哈哈。」

「哈哈哈。」

然而對醉鬼講那些話都沒有意義就是了。

……於是我們立刻移動。總覺得走廊搖搖晃晃的。不對，搖搖晃晃的應該是我自己吧。

我們算準時機，偷偷摸摸接近瑪利的房間。

房內傳來衣布摩擦的聲音。

我和布拉德兩人從門縫窺視。

瑪利緩緩脫下寬鬆的長袍。

不論是我還是布拉德，只要認真起來就能讓動作極為安靜，要偷窺根本是游刃有餘。

「啊！」

「喂你！笨……！」

不過前提是在沒有喝醉的時候。

腳步蹣跚的我這時摔了個大跤。

「呀！是、是誰！」

我們即使想逃也來不及了。

瑪利在轉眼間就把衣服穿好跑出來，當場抓到我們——

「威爾？布拉德？你們在做什……酒味好重！」

這時的瑪利也難得一副很慌亂的樣子。

「呃，不……這是……！」

「哦哦，我們只是想說，稍微偷看一下妳換衣服。」

「你、你、你………！」

如果是生前的狀態，我想瑪利現在應該面紅耳赤吧。

慌張害臊的瑪利看起來意外可愛，讓我不禁一瞬間怦然心動——

「你們在做什麼啦，笨蛋！」

接著我的臉頰上便留下了一個紅通通的手印。身為主犯的布拉德甚至被揍到頭骨一直轉，然後被瑪利騎到身上連續毆打。

……畢竟我們是喝到爛醉又偷窺女性換裝，這也是應得的懲罰吧。我還覺得真虧瑪利這點程度就原諒我們啦。

隔天早上我一醒來，發現自己夢遺了。

……沒錯，就是我的初精。

雖然這時期我已經開始變聲，初精會來也是理所當然的。但沒想到我對性覺醒的契機竟然是瑪利換衣服。

對性覺醒的契機竟然是瑪利換衣服……

而且這件事還被布拉德發現，然後指著我大爆笑，於是我狠狠踹了他一頓。

後來我們互相發誓，這件事要對瑪利保密到進了墳墓為止。在我清洗著弄髒的兜襠布時。

……以後還是少喝酒為妙吧。真的要少喝。

◆

像這樣把焦點放在我和布拉德或古斯之間的小插曲，會感覺好像我是個無藥可救的頑皮小鬼。

但我其實基本上是個乖小孩。應該是個乖小孩……我想啦，或許。

「瑪利，我把田裡的雜草拔完，洗好的衣物也拿去晒囉。」

「好的，威爾，你辛苦了。」

「另外我也順便把神像上的灰塵擦乾淨，花也供好了。」

「……唉呦，真的嗎！」

證據就是我最近不只是幫忙而已，甚至會搶在瑪利之前先把家事做好。搶先做好……換言之就是不等瑪利指示，而且要清楚掌握好做家事的順序，考慮什麼事情是必要的，並且在瑪利動手之前先執行。這其實意外地很難。

畢竟瑪利的行動很快。據她說「不讓家事累積的訣竅就是稍微對什麼事情感到在意時便立刻處理」的樣子。因此像掃除工具或農具等等，平常就會擺在隨手可得的地方，只要稍微有點灰塵或雜草讓她在意便會馬上處理掉。

想要搶在她之前，就必須隨時注意周圍各處，而且也不能嫌麻煩。為了減少瑪利的辛勞而好好思考行動，在某種意義上或許比布拉德或古斯的課堂學到的東西更多也說不定。至少在「正常生活」的意義上，比打架變強更重要得多了。

如果我上輩子也能像這樣好歹做做家事，或許至少可以減輕家人的負擔吧……在這個世界的生活中，我絕對不要再重蹈覆轍。

「謝謝你，威爾。那麼既然時間空出來了……對了，今天我幫你剪頭髮吧。」

「啊，這麼說來……」

不知不覺間我的頭髮又變長了。我都快忘記上次請瑪利幫我剪頭髮是什麼時候的事了。

……瑪利連剪頭髮的技術都很好。順道一提，古斯是根本就不剪頭髮，而我之前有一次拜託布拉德的結果，只有一個「慘」字可以形容。

「那就麻煩妳了。」

我最近變聲期結束，身高越來越高，肩膀也變得很寬。

瑪利和古斯都已經被我追過。雖然還不到跟布拉德同高的程度，不過體格差距也縮小到一定程度，可以和他進行格鬥戰的練習了。

在秋季涼爽的上午，瑪利拿著一把鋒利的剪刀，毫無猶豫地一刀一刀將我的頭髮剪落。

「威爾的喉結都跑出來了，差不多也快開始長鬍子了吧……」

「這麼說也對。我好像應該去跟布拉德學一下怎麼用剃刀……不知道他還記不記得？」

「呵呵，畢竟布拉德也很長一段時間沒用過剃刀呢。」

上輩子的世界因為電動刮鬍刀太過普及，還真不知道有多少年輕人用普通的剃刀刮過鬍子。當然我也是不會用，所以要學才行。

不過被剃刀割傷感覺會很痛的樣子。如果外面世界的風氣允許，或許留鬍鬚也是個選擇……我想到這邊時，忽然產生了一個疑惑。

「這麼說來，布拉德原本的臉究竟是什麼樣子啊？」

古斯的臉就是現在看到的那個模樣，而瑪利也只是水分乾掉而已，茂密的金髮和溫柔的面孔還在，所以多少可以想像得出來。但布拉德是最難想像的。

聽到我這麼一問，瑪利感到懷念似地望向遠方，停下手中的剪刀。

「……布拉德和威爾的感覺差很多。從骨骼也可以知道，他的手臂和脖子都很粗壯，肩膀也很寬……長相看起來自信滿滿，感覺鬥爭心強烈又充滿野性。有著一頭像獅子般的頭髮，以及一對彷彿會貫穿對手的銳利眼眸……要說是『美男子』或許稍嫌凶了一點吧。」

我想像把已經看慣的布拉德骨骼加上肌肉，然後披上皮膚再套上頭髮。有著一對銳利眼神，充滿野性又身材健壯，有如獅子般的男人……

「……哇，還真像他。」

「對吧？」

他其實是很帥氣的喔。瑪利有點害臊地笑著如此說道……這兩人之間果然是那樣的關係嗎？

因為他們在我面前總是保持身為大人的節制態度，讓我搞不太清楚。而且即便我有前世的記憶，對於那方面的觀察力還是很差，就更加搞不懂了。

瑪利重新操起剪刀，繼續為我理髮。

她的動作中不太會猶豫，偶爾會從各種角度探頭確認。

「來，剪完囉。」

不久後，瑪利這麼說著並拿起鏡子給我看。

……在鏡中是個長相凜然又爽朗的青年。有著一頭微捲的栗色頭髮，深藍色的眼眸給人柔和的印象。如果只看臉或許很像什麼富家少爺，不過配上筋骨健壯的身體，感覺還比較像是名門家的年輕武士。

「呵呵，真是個美男子呢。」

「才沒那種事，我比較希望自己是像布拉德那種長相的說。」

畢竟這個世界似乎很危險的樣子，我覺得能夠散發出魄力，給人感覺很強的臉孔應該比較實用吧……更重要的是，我一直都希望自己能變得像布拉德那樣。

「剛才妳說我們不太像，其實讓我有點遺憾。」

聽到我這麼說，瑪利便笑著回了一句：要是有兩個布拉德那可麻煩了呀。

「不過威爾真的差不多要成為一個大人…………啊。」

「……？」

「威爾不久後就要舉行成人儀式了。」

瑪利把剪落的頭髮清掉，取下繞在我脖子上的布並接著說道：

「你要用心選擇自己的守護神，想好誓言的內容喔。」

……糟糕，我完全忘記這件事了。

◆

這個世界信奉的是多神教，有大大小小各式各樣的神明受到人們敬仰。

每個人有各自特別信奉的神明，也就是守護神。成人之前的小孩子似乎被視為是受到父母的守護神保佑，而所謂的成人儀式便是從那樣的保佑下脫離……也就是選擇自己個人的守護神，立下誓言、請求庇護。

然後順從自己守護神的意向而活，順從自己守護神的意向而死，便被認為是好事。這樣講或許會感覺好像存在某種拘束，但如果遇上環境或心境上的變化，據說也是可以再舉行儀式改變自己信仰的守護神。

另外舉例來說，像是出遠門旅行時大家都會為風神瓦爾獻上供品等等，根據狀況祭拜守護神以外的神明也是很普通的事情……感覺是比較寬鬆的多神教。

至於生死觀則大致上是以輪迴轉世的概念為基本。

人在死後會被帶到次元另一方、自己所信奉的神明面前，對生前的所作所為接受檢視。若有順從神明的意向便能在喜悅的草原得到安息，否則就要在苦痛的荒野中反省悔改。經過一定時間後又會投胎轉世，像這樣經歷過好幾次的生與死，讓靈魂徹底鍛鍊，最後人就能踏上通往神的階梯……的樣子。

特別傑出的英雄或聖者便能超越人的次元而成為神。就算聽完這樣的解說，實際上我也搞不太清楚。

在日本或古羅馬之類信奉多神教的世界中，異常傑出的人物在死後就會被當成神明崇拜。或許最終的目標就是像那樣的感覺吧。

……神殿的大廳依舊給人一種莊嚴的印象。

自從那天我在這裡睜開眼睛後，究竟已經過了多少的歲月？當時我還不知道這些神像的名字，不過隨著歲數增長與學習知識，如今我也全部都知道了。

這些雕像全都是這個世界自古存在、最有名的神明們。

右手高舉象徵雷電的劍，另一手拿著天秤，莊嚴而充滿威嚴的壯年男性。

這是正義與雷電之神——沃魯特。

祂是善良神明們的首領，也是人類的庇護者，掌管恩惠之雨與制裁之雷的主神。從統治階層到一般民眾皆有大量信徒，與兄弟神——掌管專制與暴虐的惡神伊爾特里特反覆展開著激烈的戰役。

以結實纍纍的稻田為背景，懷中抱著一個嬰孩，露出慈愛笑容的豐滿女性。

地母神瑪蒂爾。

是瑪利信仰的神明，掌管大地的恩惠與育兒，也是剛才那位沃魯特的妻子。賜予的祝禱多半與農事或育兒相關，因此和沃魯特一起受到廣大的信仰，尤其是在農村地區。

背對熊熊燃燒的火焰，手握槌子與鐵鉗，身材矮壯並留有一臉大鬍鬚的男性。

這是火焰與技術之神——布雷茲。

據說是矮人族的祖先，在我去過的矮人族地下城中也經常看到祂的雕像。除了受到工匠們信仰之外，據說因為激烈的性情與提倡努力鍛鍊的關係，和沃魯特同樣受到戰士們敬仰的樣子。順道一提，布拉德的守護神就是這位布雷茲。

伴著象徵風吹的雕飾，笑容親切可人，手拿酒杯與金幣，姿勢富有躍動感的年輕人。

這是風與交流之神瓦爾。

掌管商業、交流、自由與幸運的鬧事分子。是個性開朗的小人族——半身人的祖先。受到商人、賭徒與旅人等等的信仰，據說在都市街道上經常會有祭祀瓦爾的小廟。

腰部以下浸在清淨的水流中，一手拿弓，另一手伸向類似妖精的存在，身上套著一件薄布衣裳的美麗年輕女子。

這是水與綠之神蕾亞希爾維亞。

掌管大海、河川和森林的恩惠，以及狩獵與靈精等等，個性反覆無常的女神，據說也是精靈族的祖先。在獵人、漁夫或樵夫等等與大自然息息相關的職業中存在眾多信徒。之所以會被認為是個性反覆無常的神明，或許跟自然災害有關吧……順道一提，雖然肉眼看不見，但靈精、妖精等等似乎也實際存在於這個世界。據說還有一脈獨特的神祕術大宗是可以借用其力量的樣子。

某種文字刻滿背景，手中有拐杖與打開的書本，看起來很博學的獨眼老爺爺。

這是古斯以前也有提過，創造出文字的神明——知識神恩萊特。

在知識分子中的信徒很多，據說獨眼能看透可見之物，而失去的眼睛則能看透不可見的事物。不過古斯的守護神並不是這位知識神恩萊特，而是風神瓦爾。據他說是「與其關在象牙塔中被書本圍繞，不如帶錢去旅行還好得多了」的樣子。

以上六尊似乎就是在大多數地區受到崇拜的神明。

雖然神話中祂們最終在一場宛如『諸神黃昏』般的戰役中與惡神們兩敗俱傷，而退到次元的另一方療養傷勢……不過據說偶爾也會透過被稱為《木靈（Echo）》的一種像分身的存在降臨這個世界，引導人民。

在我聽過的幾個英雄譚或武勳詩中，各種善惡神明的《木靈（Echo）》也經常會登場，讓故事感覺相當壯大。

……唉呀，畢竟我只打算普普通通過活，應該一輩子都不會跟那種事情扯上關係就是了。

我一邊想著這些事，一邊看向以前我莫名感到在意的那尊燈火雕像。

沒有背景，手上提著一盞長柄提燈，性別不詳的神明。

這是雷神沃魯特與地母神瑪蒂爾的孩子，掌管生死流轉與燈火的神——葛雷斯菲爾。

祂主要掌管靈魂與輪迴，是個像死神一樣的神明。據說會出現在死者的靈魂面前，用燈火照亮路面，引領死者通往神明所在的地方，並引導靈魂通往來世。傳承資料極少，性別不明，連外觀描述也沒有流傳下來。在神格方面也極為寡言，賜予的啟示很少，透過祝禱術賦予的神明特有術法也鮮少有實用性。

像地母神瑪蒂爾的神官能夠使用讓大地豐收、孕婦安產、小孩健康等等的祝禱術；雷神沃魯特則是會賦予判斷對象發言真假的判決祝禱，高等神官甚至可以透過祈禱讓久旱之地降下甘霖。

然而葛雷斯菲爾的特有祝禱術卻是像給予死者的靈魂安寧與引導之類，稍嫌欠缺實用性的術法。

……在這個世界，神明會實際對現實世界行使其影響力。畢竟我也是從小吃透過祝禱術獲得的粥和麵包長大，所以關於這點我不會存疑。

換言之，在這個世界只要某天忽然對祝禱術覺醒了，就足以改變一個人的人生。

像是忽然學會療傷等等有如奇蹟般的法術，便能受到周圍人的稱讚與推崇。就好像彩券中獎一樣。在這種意義上，選擇守護神時將祝禱術的實用性納入考慮的人也很多，而葛雷斯菲爾似乎並不怎麼受歡迎的樣子。

的確如果只能拿到一張彩券，會認為獎金越高越好的想法也是很自然的。像這樣聚集的信仰會成為神明的力量，獲得力量的神明又會使更多人信仰。總覺得越講越像在討論什麼貧富差距的議題了。

總而言之，葛雷斯菲爾算是次於六大神之下的二線級神明。

而我之所以會如此在意祂……或許是因為我保有前世記憶的緣故吧。畢竟祂掌管的是生死流轉與輪迴，讓我感到有種莫名的緣分。

……我轉頭環視神殿。

等到今年冬至我虛歲成為十五之後，我就必須從中挑選一尊神明立下誓言，請求成為守護神……然後到春天，大概就要離開這座神殿了。

生者就應該要回到生者的圈子中才行。

那三人都理所當然地這樣認為。

我看看自己的手。

「…………」

宛如被變色的燙傷痕跡纏繞的這雙手，如今已與過去不同。手掌上有跟瑪利一起做家事或耕田留下的髒汙與小傷，有跟著古斯讀書沾到的墨水汙漬，有和布拉德鍛鍊而長出的繭……

和我年幼時的手不一樣，和前世那雙不健康的手也不一樣。是有好好埋頭熱衷過什麼事情的手。

……他們三人真的教了我許許多多的事情。

瑪利以前曾經說過，她不清楚外面的狀況究竟變得如何，只知道變得危險的可能性很高。而古斯和布拉德對於外面的社會也從沒提過什麼。

關於我為什麼會在這地方的謎團，至今依然沒有解開。

但正因為如此，我知道一件事。

我這雙手，這雙被各種教育薰染的手，充滿那三人誠摯的心意。

他們教了我各式各樣的事情，讓我無論外面變得有多危險，無論來到對於來路不明的外來者多嚴苛的場所，也依然能夠好好活下去。

「總有一天……」

總有一天，我希望能再回到這裡。

最好是可以帶著自己的朋友或是家人，介紹這裡就是我的老家，介紹布拉德、瑪利與古斯他們就是我的父母與爺爺。

那三人看到歸來的我，不知會說些什麼呢？如果是和朋友或家人一起回來，不知道他們會不會開心？我要帶什麼東西回來當禮物呢？

……我不禁想像著這樣平凡無奇的幸福情景。

「你們三人如果要推薦我選擇守護神，會建議哪尊神明啊？」

關於守護神，我決定先找那三人討論一下了。

「要是威爾沒有『特別想成為什麼』的想法，就向雷神沃魯特立誓應該是最不會有錯的吧？」

「哦哦，那樣不錯呢。畢竟沃魯特受到信仰的範圍很廣，在社會上的信賴也是最高的。」

「唔，確實如此……真難得布拉德會提出這樣聰明的選擇。」

「喂。」

「哼。」

「你們兩位，不可以這樣喔。」

「嗚……」

「咳……以守護神來說瓦爾也不壞，只是瓦爾的信眾有很多像賭徒或山賊之類的人物，在社會信用上會略差一截。因此果然還是沃魯特比較好。」

他們三人的意見一下子便達成了共識，就是身為主神的正義與雷電之神——沃魯特。

「……還真簡單就意見一致啦。」

「比較保險的話就是這樣了。畢竟又不是以後都不能變更的事情。」

「如果你有希望成為什麼工匠或學者之類的夢想就另當別論啦，但是現在連外面的狀況是怎樣都不知道，也談不上什麼夢想啊。」

「那麼讓選項範圍廣一點會比較好呢……首先當然還是雷神沃魯特，再來就是地母神瑪蒂爾吧。」

沒有必要現在就縮小選擇範圍，最好選擇以後不管做出什麼決定都能對應的選項……總覺得跟升學選校好像啊。總之選一間普通科的高中畢業就不會吃虧之類的。

「知道了，我會記得……另外所謂的誓言究竟要怎樣發誓才好？像我以前聽過的『伯克利剛勇傳』裡是說『向沃魯特的雷電之劍立誓，必將一切邪惡斬除』之類的。」

「哦哦，畢竟那是武勳詩嘛。但你可別因為一時的憧憬就立下那種誓言喔。人家常說強力的誓言雖然比較能獲得保佑，但代價就是容易被捲入苦難的命運之中。要不就是成為英雄，否則就是死路一條啦。」

「對神明來說，像那樣的笨蛋也比較方便派去處理麻煩事吧。」

原來也有這樣的迷信說法啊。

……唉呀，先姑且不談所謂『苦難的命運』云云究竟有幾分是事實，我也沒打算真的立下那麼困難的誓言。我不會只因為保有前世的記憶就以為自己有多特別，對英雄什麼的也沒有憧憬。

「普通人的話，大概就是像『發誓今生盡己所能不行惡事』吧。」

「或是『關懷鄰人』、『不說謊』、『重視家人』……之類的。」

『重視家人』感覺還不錯。然後從他們舉的這些例子來看……

「簡單講就是『不要做壞事，會認真生活』程度的誓言就可以了嗎？」

「大致上就是那樣。雖然也有按照個別神明的特性立下相符誓言的狀況就是了。」

「……呃～例如說？」

「啊～像我就是對布雷茲發誓『會每天鍛鍊，讓自己變強』這樣，畢竟炎神布雷茲崇尚技巧與鍛鍊。」

「我是稍微比較抽象地對瑪蒂爾發誓『會順應祢的意志活下去』。」

哦哦，真符合這兩人的個性。

「老夫倒是覺得守護神還是立誓什麼的都太麻煩了，就向感覺對這方面最不囉嗦的風神瓦爾發誓『做自己喜歡的事情開心過活』啦。」

……古斯爺爺果然很搖滾。

如此這般，商量告一段落後，瑪利便到湖邊洗衣，布拉德則是到森林砍柴，也就是去砍當燃料用的雜木了。聽起來或許很像什麼童話故事，不過畢竟秋季已經結束，為冬季做準備是很重要的事情。

總之——就是這樣，接下來則是我和古斯的授課時間。我不斷反覆地練習雙重魔法投射（double-cast），提升熟練度。

古斯的課程如今已進入相當重視實戰的階段了。

「聽好，如果要在數到五之前、敵人就會攻擊我方的狀況下使用魔法，不能等腦袋想好再出招。應該要選擇早已讓身體熟悉、能夠反射性使用的魔法……世界上就是有很多魔法師腦筋太死板，辦不到這點。」

要是在猶豫該使用什麼魔法的時候被敵人射擊或砍傷，就會忍不住使用自己還不熟悉的《話語》結果失敗自爆……據說像這樣的例子是多到不勝枚舉。

畢竟說到底，大半的魔法師都是在都市當學者或在街上經營便利屋，像古斯這種以戰鬥為前提鑽研魔法的人才是少數派。

「所謂有知性的戰術是有時間才去思考的東西。在突發性的遭遇戰中與其費神去思考戰略，還不如用自己習慣的魔法硬壓對手比較好。複雜的聯繫只要有一處關鍵被突破就會全盤失守，單純的東西反而破綻比較少。」

就像這樣，古斯的戰術思想其實和布拉德教的很類似。

或許只要經歷過實戰磨練，大家多半都會變成這樣吧。

「然後威爾，你的狀況更要懂得判斷必須依賴《話語》的時候或者不是那樣的時候。畢竟你還有布拉德教的『武術』這個選項。」

不知道是瑪那的存在造成的影響，或者本來就是這個樣子，在這個世界透過鍛鍊促使能力上升的幅度比前世還要大。一個受過訓練的戰士只要認真起來，身體能力簡直就像怪物一樣。

像布拉德要不是為了和我訓練刻意降低檔次，揮舞練習用的厚重鋼棍都會輕易被扭彎，跑起步來也會像飛燕般輕巧又快速。而像這樣形容布拉德的我其實自己的身體能力也漸漸能追上他了。真有點恐怖，簡直快要像超人啦。

相對地，魔法則是只要發音或記述失敗就有自爆的風險，因此如果戰鬥開始時雙方距離大約在十公尺以內，難免會是戰士比較吃香。

……順道一提，古斯甚至也知道遇上這種狀況時可以使用的幾種『不規矩的小技巧』。這人過去究竟在戰士比較有利的距離下解決過多少對手啊？

「說到底，能夠不要戰鬥當然是最好的啦。但遇到關鍵的時候，你可要好好判斷。」

我點頭回應古斯。

「另外，老夫這幾年都有在觀測天象當作是消遣時間……所以知道下次冬至是哪一天啦。」

聽他這麼一說，我不禁瞪大了眼睛。他該不會是為了我十五歲的時候特地調查的吧？

「………………吶，威爾，老夫有個請求。」

「請求？」

古斯點點頭。

「恐怕在冬至前一天左右，布拉德會向你提出一對一的戰鬥……而且是讓瑪利靠祝禱術進行治療與再生為前提的認真交手。」

這段話並沒有讓我感到驚訝。

我從以前就覺得布拉德應該會向我提出這種事情，而且我也已經做好挑戰的決心了。

「吶，威爾啊。」

然而，古斯的表情卻很凝重。

「那場比賽中，你能不能在不讓布拉德察覺之下，巧妙輸給他？」

……從他口中說出的話語充滿苦澀。

「為什麼？」

我頓時回想起以前差點被古斯殺掉的那件事。

當時古斯也抱有某種想法。根據我所不知道的某種內情，在我不知道的時候費神思考，最終得出要把我殺掉的結論，卻又不知道為什麼中斷了。

「為什麼？」

「別問為什麼。」

「不對。」

不是那樣。

「我是在問你，**為什麼要把我排擠在外！**」

我一時激動，忍不住大叫出來。

「我知道古斯才不是什麼笨蛋！我知道你絕不會毫無理由就做出糟蹋別人心情的事情！」

我想要一把揪住古斯的手，卻抓了個空。

於是我只能抬起眼珠，瞪向飄在半空中的他。

「只要古斯好好跟我說明，我也會聽你的啊！要我故意輸也沒關係！要像以前那樣犧牲自己的生命也可以！」

可是……

「可是，你為何什麼話都不願意跟我講！對古斯來說，我就那麼沒有信用嗎！我對你而言就只是那點程度、可有可無的存在嗎！」

積蓄在我心裡深處的話語有如潰堤般洩了出來。

古斯依舊露出一臉難受的表情。

用一臉難受的表情……

「抱歉，威爾……老夫不能說。抱歉。」

低下頭，握起拳。

好不容易擠出聲音似地如此說道。

「……是嗎？」

是這樣嗎？

「既然如此……既然如此，我也不管你了。」

我冷淡地表示拒絕。

在那樣重要的戰鬥中，要我不知緣由就故意輸掉，我辦不到。

「古斯剛才說過的那些話，我會當作沒聽到。」

在沒有限制的條件下向認真起來的布拉德挑戰的最後機會。身為一名戰士，我希望能全力以赴。布拉德肯定也是這麼想的。但現在卻要我連理由都不問就故意輸給他……這種事、我辦不到。

不過我也不會找人告狀。就當作我什麼都沒聽古斯說過。就只是這樣。

「…………」

對於說完這些話便走出房間的我，古斯什麼也沒再多講。

——幾天後，布拉德便向我提出了最終測驗的預告。

第三章

在冬季清新的空氣中，冰冷的風吹過神殿所在的山丘。湖岸邊的一棟棟廢墟房屋宛如在忍受寒風似地佇立著。薄薄的雲層覆蓋天空，明明是正中午，陽光卻很微弱。即使抬起頭也感受不到絲毫暖意。

時光轉眼飛逝，今天就是我和布拉德對決的日子了。

……明天我將成年，然後到了春天應該就會離開神殿，踏上旅途。

「…………」

我仔細伸展筋骨後，握起重量是平日練習時兩倍重的劍揮舞了一下。斜劈、橫砍、縮劍前刺。劍鋒劃破空氣的聲音響徹四周。

「…………」

古斯說過的話頓時浮上腦海。不過我努力集中精神，將雜念揮散。身體漸漸變暖，進入能夠發揮全力的狀態。

「……好。」

做完暖身運動的我將練習用劍放下，並確認自己的裝備。

鋒利的真劍，金屬外框的木板貼上皮革製成的圓盾，腰帶上還有纏鬥用的短劍。厚布製成的襯衣外面套上皮革製的軟皮甲，重點部位更穿上金屬製的護頸、護胸、護手與護腿等等，最後再戴上曲線簡單的頭盔。這些就是我今天要使用的全部裝備了。

把所有裝備都穿到身上後的模樣，不管怎麼看都感覺像個重戰士或騎士。

「威爾，讓我幫你吧。」

如此的重裝備要自己一個人穿戴、檢查是極為麻煩的一件事。於是瑪利一副很熟練地幫忙我確認鎧甲的繩子和金屬釦是否都有綁緊、扣好。

……這樣層層厚重的裝備，我想大概也只有今天會穿了吧。

等春天踏上旅途後，我不可能像電玩遊戲的人物那樣，無論在街上或山中都無時無刻穿戴著鎧甲。畢竟還不確定旅程會有多漫長，那麼比起過剩的武裝，更應該優先攜帶旅行用的必需品才對。

不過今天的狀況和那又是兩回事……這次的對手可是認真起來的布拉德。即便有瑪利的祝禱術，若當場死亡也是回天乏術的。

考慮到萬一被認真起來的布拉德攻擊命中也能免於當場死亡的防禦等級……我也只能得出「從都市挖找出矮人製的高級裝備，徹底做好完全防禦」這樣的結論了。

畢竟今天再怎麼說都是比賽，也就是較量能力，而不是互相廝殺。

「嘿，威爾，準備好了嗎？」

布拉德對我如此詢問。他身上沒有穿戴鎧甲，當作是對我的讓步。

另外他腰上雖然綁了一圈劍帶並掛有一把黑鞘的單手劍，但今天的主角並不是那把劍。

……而是一把巨大到教人傻眼的雙手巨劍。

那才是布拉德認真時使用的武裝。

我轉頭環顧四周。

在到處都是枯草的山丘上，只有瑪利和布拉德而已，看不到古斯的蹤影。

「──我隨時都行。開始吧。」

我輕輕搖頭，把古斯的事情趕出腦海。

集中精神。現在要專心在戰鬥上。

「好，那就來進行最終確認。今天不使用魔法，不使用會當場死亡的攻擊，除此之外沒有任何限制。遇到危急狀況由瑪利負責施術對應。分出勝負的方法是直到有一方宣告認輸或無法繼續戰鬥為止。」

布拉德語氣輕鬆地說著，並和我拉開距離，架起巨劍。

畢竟瑪利如果拿出真本事，管你是被輾爛或砍碎據說都能夠讓部位重生，因此這條件可說是相當不留情。接著──

「你就小心點，可別死啦。」

伴隨布拉德低沉到教人毛骨悚然的聲音，最後的測驗開始了。

◆

「……！」

那簡直有如暴風。

厚重的鋼鐵利刃帶著巨大的質量，以難以置信的速度從上下左右朝我襲來。

如果正面抵抗，恐怕光是擋下一擊就會瞬間讓劍被砍斷或是讓盾牌破裂吧。更不用說是身上的護具，只要隨便一個部位被擊中，肯定就會當場無法繼續戰鬥了。

因此我只能盡力避免被直接命中，而從側面彈開巨劍的軌道，用盾牌往斜向架開，閃避攻擊，繞到對手後方，撐過對手的攻勢。

雖然在某種程度上早有預料，但我明明已經穿了這麼多防具，也真的只能達到「避免當場死亡」的效果而已！

不死族的力氣與技術是依據生前的狀態為基準……而我現在所面對的，是教人吃驚的誇張力氣，以及能夠讓那樣的力氣發揮在武器上的技術。

以我前世所得的知識來說，普通狀況下即便拿日本刀也應該無法砍破武士鎧甲，即便拿西洋劍也無法砍破西洋盔甲才對。畢竟要是那種事情輕易就能辦到，甲冑這種東西也不可能在世界上變得如此發達。

「嗚……！」

然而布拉德的狀況完全不一樣。靠著他壓倒性的體格、巨大無比的武器產生的離心力，以及生前徹底鍛鍊肌肉所獲得的威力，無論任何東西都能夠強行斬斷。就算無法切斷，光是衝擊力道也足以把對手當場擊倒。

——只要有充分鍛鍊過的肌肉所發揮的暴力，面對大致狀況都有辦法解決。

布拉德的存在毫無疑問地體現了他平日這項主張。

「……咕、嗚！」

我這把長劍的攻擊距離並不短。雖然不短，但對手的巨劍更長。

現況就是我只能乖乖讓對手從自己的攻擊範圍之外連續進攻。而且身為不死族的布拉德不會感到疲憊，所以我也無法跟他打持久戰。可惡。我也不是沒準備好對付布拉德用的策略，但是照這樣下去我根本連發揮的機會都沒有。

布拉德那傢伙，居然真的這麼沒大人風度想贏過我……！

「……！」

我刻意拉開一大段距離引誘布拉德追擊後，拔出腰上的短劍朝他投擲。

「哦？」

就在布拉德把雙手劍像盾牌一樣架起來彈開短劍的瞬間，我跟在短劍後面衝了過去……

「嗚哇！」

卻又趕緊剎住腳步，被迫跳開。

因為布拉德用一隻手握住劍柄尾端，另一手抓住劍身根部比較不銳利的部分，把巨劍當薙刀一樣朝我小腿砍來。

「哈哈哈……你以為只要衝到近距離就能對付我了嗎？」

布拉德眼窩中的鬼火輕輕搖曳。感覺那骷髏頭似乎對我咧嘴笑了一下。這麼說來，我隱約記得前世好像在哪讀過大太刀或雙手巨劍也有這樣的運用方式。

「看來事情並沒有那麼簡單的樣子……受不了，你也太難對付了吧。」

既然布拉德可以將雙手握得較寬，把巨劍當成薙刀般使用，那麼除了砍小腿之外，他也有可能使用短距離的突刺。

要是我隨便衝到他面前，搞不好會被他用類似棍術的技巧對付。

布拉德不只是有力氣而已，還完全熟練這把巨大武器的使用方式。

他能夠將這把奇重無比而威力極高的武器，透過驚人的臂力從遠處發動快速、精密又連續不間斷的攻擊；即使被對手衝到自己面前，也能改變握劍方式近距離對應……簡單講就是在各方面都強得可以。

既沒有偏重武器，也沒有偏重力量，更沒有偏重技巧。全部都近乎滿分，沒有破綻可尋……《戰鬼(War Ogre)》這稱號取得可真好，我還真的有種遇到鬼的感覺啊。

「…………」

看來，這下我只能賭了。我做好覺悟了。

布拉德大概也看出我的決心，把巨劍高高舉到頭上。

「哦？」

彷彿在宣告：不管你打什麼主意我都會把你砍倒。

「…………」

如果用劍擋劍會斷裂，用盾牌擋盾牌會破裂，用鎧甲擋鎧甲也會碎裂。

小伎倆程度的攻擊只會被他靠改變握劍方式對應。

究竟該如何撐過他這一擊，衝進我方的攻擊距離內……

「——呀啊啊啊！」

答案只有一個。

我為了振奮自己而一邊吶喊一邊衝向布拉德。至於布拉德的對應則是——將高舉的劍垂直移到側面，朝我的軀幹橫砍過來！

那動作就好像棒球打擊手全力揮棒。畢竟如果是從頭上往下揮，有可能被我用盾偏向旁邊，衝到面前；砍頭有可能被我靠壓低身子、砍小腿則可能被我靠跳躍避開攻擊，衝到面前；然而面對橫砍軀幹，我就只能選擇往後跳開或硬擋。但我剎住腳步往後跳開的話，這次行動就毫無意義了，選擇硬擋又只會被布拉德的蠻力擊破。

因此布拉德這個對應相當合理，很符合他的個性。

——不過也正因為如此，被我猜到了。

如果用盾牌擋盾牌會破裂，用鎧甲擋鎧甲也會碎裂。

「嗚喔……？」

所以我選擇**讓巨劍在盾牌上滑動減速，再用鎧甲擋下**。

巨劍幾乎讓盾牌變形後，又擊中我軀幹部的金屬甲。

「咕、嗚……！」

我能不能承受住這一擊，就是最大的賭局。

而我在賭局中獲勝了。

「嗚、喔喔喔喔！」

「！」

我緊接著放低姿勢衝到布拉德面前，連人帶盾往斜上方撞擊。

……布拉德的雙腳頓時離開地面。

沒錯。

不死族透過某種神祕的力量能夠保持自己生前發揮的威力與制動力，可以揮舞巨劍，又不會被巨劍的質量拉扯得甩來甩去。

然而在純粹意義上的重量又是如何？如果單純只是要把布拉德的身體抬起來，

會有他生前那麼重嗎？

……不會。這點我已經透過維拉斯庫斯**實際驗證過了**。

化為骸骨的不死族，身體重量會減輕。

如果我想要攻略以戰士而言比我強大的布拉德，關鍵就在這點。

人類的骨骼重量即使包含腦脊髓液在內，也只占體重的百分之十以下。

就算假設布拉德生前是個體重遠超過一百公斤的壯漢，現在頂多也只有十公斤左右！包含武器重量在內也不可能超過五十公斤！

「喔喔喔喔喔喔喔喔喔！」

我對失去平衡的布拉德全力刺出長劍。

目標是他的背骨。看我一擊……

「威爾。」

溫柔的聲音忽然傳進我耳朵。

下個瞬間，我的長劍居然被布拉德的肋骨**夾住了**。

「！」

手握巨劍的布拉德把我的長劍夾在他肋骨間的縫隙，全身扭轉……使出唯有骷髏人才能辦到、利用肋骨的空手奪白刃。

我驚訝得連放開劍柄都來不及，回過神時已經被布拉德連同巨劍的重量拉扯手臂，甩到地上。身體用力撞到地面的衝擊讓我頓時無法呼吸。

「——真是了不起的一擊啊。」

當我趕緊想站起身子的時候，一把利刃已經架在我的脖子上。

是布拉德掛在劍帶上的那把備用單手劍。消光黑的刀身上可以看到鮮豔的大紅色紋路，難道是什麼魔劍嗎？

……雖然感覺很邪惡，不過真是一把美麗的劍。一反現場的狀況，我心中不禁湧起這樣的感想。

「我認輸。」

然後，我靜靜宣告投降了。

雖然古斯似乎有考慮過各種狀況，但說到底，這根本不是要不要故意輸的問題。即便我想盡對策、使盡全力……教人不甘心地，我在純粹的劍術上還是贏不過布拉德。

「哦，辛苦啦……話說回來，可惡，沒有肌肉果然還是很不方便啊。」

分出勝負後，布拉德便把劍收回，並嘀咕了一下。雖然這發言依舊讓人忍不住想吐槽，不過我也明白他想說什麼。就在我針對這點想回應什麼的時候……

「……布拉德？」

瑪利冰冷無比的聲音忽然傳來。

「呃！瑪利……」

「呃什麼呃！」

雙手扠在腰上的瑪利一副「我很生氣喔」地瞪著布拉德。

另外，身為木乃伊的瑪利並沒有眼球，因此看起來更加恐怖。

「……你應該說過，自己不會再使用那招了吧？」

那招？不會再使用？

「妳、妳在說什麼呢～？」

「不要跟我裝傻！就是那個用肋骨夾住對手武器的招式！」

「呃、不、可是我現在已經沒內臟啦……」

「什麼！布拉德，你生前就用過那招了？」

「就是用過呀，這個人！」

瑪利氣到不行地接著說道：

「很難以置信對不對！」

我不禁點頭回應。真的教人難以置信啊。

本來我還以為那是唯有不死族才能辦到的技巧……但這麼說來不死族是不會成長的。基本上能使用的技巧都以生前為基準。

換言之，如果生前沒有做過那種瘋狂行徑的經驗，化為不死族後也做不出來。

「當時的對手是一隻惡魔，使用的刺劍上刻有《貫穿》的《話語》。」

「那傢伙不但動作敏捷，武器特性上也讓我很難對付，結果竟突破我往瑪利衝過去，所以我就忍不住……」

「什麼叫忍不住！」

忍不住挺身抵擋又用肋骨夾住對手武器後把對手甩倒在地上砍死嗎……簡直瘋了。是《戰鬼》才做得出來的行為。

「真、真虧你沒死啊？」

「如果沒有祝禱術絕對就死了呀！」

「我就是想說可以靠妳的祈禱嘛！」

嗚哇～居然還有那種戰術。而且原來是為了保護瑪利啊……

「我那時候！是真的很擔心！你會不會當場喪命了呀！我不是說過你以後不可以再做那種事了嗎！」

瑪利難得會這樣大發雷霆。

嗯，布拉德的心情我雖然可以理解，但我也能理解瑪利的心情。

……你那樣瑪利當然會生氣啦，布拉德。

我不禁一臉苦笑地看著布拉德挨罵的樣子。

就算我再遲鈍也多多少少看出來了——他們這是清官難斷某某事的關係啊。

「呃～總之，言歸正傳。」

布拉德做了一個清喉嚨的動作。

「威爾，你雖然沒贏過我，但能達到這程度已經很不錯了……雖然沒贏過我啦！雖然沒贏過我！」

「別強調兩遍行不行！有夠討人厭的！」

可惡～那種變態行動有誰可以預料得到啦！我明明都有預先想好對付大威力巨劍的方法，以及針對體重輕的弱點下手的方針，但全部攻略手段都施展成功卻還是被他逆轉翻盤了。

「哈哈哈！你現在心情如何？」

「可惡啊啊啊！我下次絕對會堂堂正正完封你！」

然後他居然還對我做出「吶吶你現在心情如何啊？」的發言！

「哈哈哈，就是那股志氣，就是要有那股志氣喔，威爾？」

「不要得意忘形！」

「痛啊！」

他被瑪利敲頭啦，活該！

「真是的，布拉德也是威爾也是，兩人都認真點呀！」

連我也被罵了。

「來，言歸正傳！」

「是……」

被瑪利說教的布拉德不甘不願地點頭回應。

「話說回來，如果我有什麼必殺劍或奧義招式之類的，這種時候就可以傳授給你了說。」

「沒有嗎？」

「沒有。」

布拉德很乾脆地如此斷言，並聳聳肩膀。

「我的戰鬥方式和你不一樣。我沒有打算把你訓練成『我的仿製品』。所以對我來說可靠的招式，對你來說就不一定了。

……而且我以前也跟你說過，所謂的『招式』是在限定狀況下使用的東西。只仰賴一個招式也沒有意義。」

布拉德滔滔不絕講話的語氣聽起來相當冷靜。

讓人感覺得出身經百戰的戰士散發出的風采。

「比起那種東西，更重要的是基礎。你要讓自己過去學過的東西隨時隨地都能好好發揮出來。」

咚。布拉德用拳頭敲了一下我的胸膛。

瑪利則是看著我們的互動，露出微笑。

「我和瑪利……都把真正重要的東西全部教你了。」

骷髏人的拳頭不帶體溫。

不過我確實感受到從他的拳頭擴散到我胸口的一股暖意。

因此我決定稍微鼓起勇氣……

「是……爸爸，媽媽！」

挺起胸膛，笑著如此回答。

「哈哈，爸爸？這麼說來，確實很像是那種關係啊。」

布拉德哈哈大笑起來。

「的確很像呢，呵呵……」

瑪利也露出溫和的笑臉。

我不禁感到莫名害臊地抓抓自己的頭，和布拉德與瑪利三人笑了好一段時間。

這感覺真是太好了。一想到自己到了春天就必須離開這地方，便覺得萬分不捨。

「……好，雖然我沒有奧義可以教你，不過就當作是你離開父母獨立的證明吧。」

「？」

「這個給你。」

我們笑完之後，布拉德拆下劍帶遞給我的，是剛才分出勝負時的那把魔劍。給人感覺邪惡而妖豔的霧黑色單手劍。

「這是我蒐藏的魔劍之中最強的一把。」

……最強？在布拉德的蒐藏之中？呃，那也未免太……

「我明明沒有贏你啊。」

「我就說是你獨立的證明啦。來，拔出來看看。」

布拉德說著，把單手劍連同劍帶一起硬塞到我手中。

於是我只好帶著猶豫把劍帶繞在自己腰上，戰戰兢兢地拔出單手劍。

「…………」

呈現消光黑色的雙刃單手劍。

重心偏向劍鋒微微鼓起的部分，感覺切砍能力很高。裝飾給人某種不吉祥的印象，劍身上的大紅色紋路妖豔而美麗。

「劍銘為《噬盡者（Over Eater）》，以魔劍等級來說是最高級。就算面對神明的《木靈（Echo）》，只要劍刃擊中便能砍斷。

刻在上面的《話語》極為難解，不過效果簡單來講就是一句話。」

布拉德語氣平靜地說道。

「只要用這把劍砍到有生命的存在，砍了多少，使用者的生命力就會恢復多少。」

……咦？

「呃，等等，我是不是聽錯了？」

「只要用這把劍砍到有生命的存在，砍了多少，使用者的生命力就會恢復多少……你沒有聽錯。」

在混戰中什麼也不用思考，只要一直揮舞這把劍就能成為最終的勝利者了。布拉德接著如此說道。

我想像起這句話中的意義，頓時臉色發青。

「你腦袋很聰明，應該已經察覺到了。但我還是要告訴你……盡可能不要把它拔出來，盡可能別去依賴它。」

布拉德語氣平靜地說著。

「這玩意雖然可以讓使用者『感覺自己好像變強了』，但並不是可以培養提升使用者精神的名劍。你越是使用它就會越依賴它，劍技也會變得傲慢而隨便，退步到難以想像的程度。最後的命運就是在得意忘形中遭遇到更強的高手、遭人下毒或是被弓箭手從遠處包圍，接著一頭栽進輪迴之中了。」

在這種意義上，它可說是貨真價值的**魔劍**啊。布拉德如此說道。

「唉呀，已經變成不死族的我根本沒有所謂的生命力，用這玩意吸也吸不到什麼東西，拿著也是浪費。所以就趁這機會給你吧。雖然剛才講了那麼多，但我想你應該沒問題，會知道該在什麼時候使用才對。」

瑪利也點點頭表示認同。

……他們兩人都相信我可以好好使用這樣恐怖的東西。

前世的記憶頓時閃過腦海，讓我的心稍微痛了一下。

我真的是那樣了不起的人物……值得讓他們這麼信任我嗎？

「好啦～既然交付了魔劍就要講講它的來歷，這是自古以來戰士的傳統！接下來就來講講關於這把劍的事情吧！」

彷彿要把閃過我心中的憂鬱揮散似的，布拉德語氣開朗地繼續說道。

「當然也要講講和這把劍有關的——你一直很想知道的——關於我們以及你的來歷。」

那是……

我一直以來都很在意的事情。

「……！布拉德……」

布拉德朝瑪利瞧了一眼，瑪利則是微笑著點頭回應。

「畢竟威爾已經能獨當一面了。」

「……以前就約定好等你長大之後要告訴你。而現在你無論精神上還是身體上都充分成長啦。」

雖然講起來會很長，不過我就告訴你吧。布拉德如此說道。

「這是一段描述企圖征服這片大陸的惡魔王之王——《永劫者們的上王》的故事。是描述許多英雄以及我們敗北的故事。」

沙……

一陣刺骨的寒風從山丘下的墓地颳上來，吹過我們身邊。

「——同時也是你之所以會在這裡長大的理由。」

◆

那惡魔之王雖然擁有許多稱號，但誰也不曉得他真正的名字叫什麼。

有謂之《不死的劍魔》。

有謂之《王中之王》。

有謂之《無垢的邪惡》。

有謂之《無盡黑暗》。

有謂之《戰嵐的驅使者》。

有謂之《哄笑者》。

——有謂之《永劫者們的上王》。

距今兩百年前左右，大量的惡魔軍團席捲了當時長年沉浸在和平之中的南邊境大陸(South mark)。而率領那些惡魔軍團的就是被如此稱呼的惡魔之王。

「那是對這個次元界抱有野心的惡魔諸王，在地獄界經過漫長的雌伏後掀起的一場世界規模大亂。」

「在各個大陸又是《王級(King)》又是《將軍級(General)》的，冒出一堆階級上來講不應該會隨隨便便現身的傢伙……」

那似乎是一場惡魔之王們共謀之下爆發的驚人大亂。

要說那究竟有多誇張，像我以前打倒過的那個維拉斯庫斯，在分類上是屬於《隊長級(Commander)》。

而《將軍級(General)》比它高一階，《王級(King)》又更高一階。

如果把維拉斯庫斯當基準來思考，我若單獨遇上帶領幾名《士兵級(Soldier)》的《將軍級(General)》，抱著背負極大風險的覺悟應該還能對付……但《王級(King)》的對手就除非是雙方單獨相遇之類怎麼想都不可能發生的假設狀況，否則肯定一點勝算都沒有。

那樣的傢伙大量出現在各地，不難想像究竟有多混亂。畢竟世界上不是每個人都接受過戰鬥訓練，而且即便是像我這樣受過訓練的人，遇上一大群的《士兵級(Soldier)》要對付起來，還是很花功夫與體力的。

「然後那些冒出來的《將軍級(General)》和《王級(King)》惡魔們，甚至還獻上龐大數量的血肉給他們信奉的神明——次元神，進行過好幾次的大儀式。

雖然你應該有跟古斯學過地理，但你可別以為現在的世界還是長那樣……就算陸地被鑿了一個大洞變成海洋，或是海水蒸發變成大陸，都不值得驚訝啊。」

「專制與暴虐之神伊爾特里特以及不死神斯塔古內特的眷屬們，也彷彿是在呼應惡魔們似地在世界各地活化……而善良之神們為了與其對抗也耗費了大量的精力。就這樣發生過好幾次足以讓地圖改變的大戰，情報變得混亂而錯綜複雜。最後各地間的聯絡便完全斷絕了。」

混沌的程度讓我有點難以想像。

總之這個世界變得一團混亂就是了。

「也因為這樣，當時其他大陸發生的狀況我們也不太清楚。我們只知道主要在南邊境大陸（South mark）作亂的那個《上王》而已。」

「剛才講過的那些稱號聽起來還真恐怖……」

「是啊……不過老實講，那傢伙的能力簡直瘋狂到讓人覺得那些稱號根本不足以形容的程度。雖然外觀上看起來只是個眼神冷酷的小鬼，不過……」

不過？

「首先，他能夠無限制用自己流的血創造出《士兵級（Soldier）》惡魔，用自己削下來的肉創造出《隊長級（Commander）》惡魔。」

「…………我是不是幻聽了？」

「他能夠無限制用流出來的血創造《士兵級(Soldier)》惡魔，用削下來的肉創造出《隊長級(Commander)》惡魔。」

「那是什麼作弊技能啦……」

「作弊？」

「就是指很不公平的意思！」

能夠無限制創造戰力根本是開玩笑吧！

「而且除了用刀劍以外都無法傷害他，不管是用魔法還是弓箭，都沒辦法傷到他一根寒毛……」

布拉德嘆了一口氣後接著說道：

「然後使用的愛劍就是那把《噬盡者(Over Eater)》。」

「…………」

「是個和敵人互相砍殺的同時，還能一邊大笑一邊生產出大軍的瘋狂傢伙。」

「……我無話可講了。」

未免也太作弊了吧……

「不知從什麼時候開始，他漸漸被人以王中之王的意義稱呼為《上王(High king)》。因為他的能力在《王級(King)》之中明顯很突出……或者說是脫離常軌。」

有許多城市都被成群的惡魔吞沒了。

瑪利接著如此呢喃。

「這座都市也是一樣。這裡原本是湖上交通的重要據點，但即便人類與矮人族拚命抵抗，也撐不到幾天便遭到攻陷了。」

她說著，遙望遠處的廢墟之城。

「然後《上王》就這樣留在街上增產惡魔，讓附近一帶的水上交通都完全被惡魔們壓制。帆船滿載的《士兵級》(Soldier)與《隊長級》(Commander)惡魔利用水路襲擊各地的村落，連日連夜地殺人放火。難民因此大量出現，而平安的都市則時而發生內亂，時而虐殺因為難以收容而化為暴徒的難民們……」

這狀況光是用聽的就讓人感到渾身難受。

「沒有人能夠殺掉《上王》，南邊境大陸(South mark)註定將要滅亡。不只如此，《上王》的魔爪恐怕甚至會跨越海峽與中海，延伸向北方的草原大陸(Grass land)吧。正當大家都這麼認為的時候——」

瑪利笑著說道：

「——古斯，《徬徨賢者》(Wandering Sage)奧古斯塔斯出面提議『就是現在』討伐《上王》。」

我不禁瞪大眼睛。

「就是、現在？等等喔？那個《上王》擁有大量的部下，靠弓箭和魔法都無法殺死，就算用唯一有效的刀劍砍他，也會從血肉產生出新的惡魔吧？而且他還擁有砍殺對手可以讓自己恢復生命的魔劍對吧？」

「是呀。」

「那討伐……是要怎麼討伐啊？再說，那個《上王》真的是能夠殺死的……」

我講到一半忽然停下，腦海中閃過許多片段，有種好像快要想出什麼的感覺。

於是我進入思考。惡魔軍團。除了刀劍以外，無論弓箭還是魔法都無效。血肉可以化為惡魔。魔劍。城市。地下城。布拉德的戰技。瑪利的祝禱術。古斯的作戰……

「…………………啊，我知道了。」

靈感彷彿電流般竄過。

沒錯。我知道了，如果這樣做確實是有可能性。若處理得當甚至能夠殺掉敵人。

「你、你知道了？」

「……真的知道了嗎？」

「嗯，應該。」

我摸著掛在腰上劍帶的《噬盡者(Over Eater)》。

理論上這樣是可行的。應該有殺掉《上王》的可能性。

「古斯想到的方法大概是挑選精銳部隊從地下城入侵吧。」

這座都市有矮人族建造出來的複雜地下城。雖然我沒才華探索出來，不過我想那裡恐怕也有隱藏通道之類的東西。只要找個地方想辦法潛入內部，應該就有避開惡魔軍隊直攻城鎮中樞的可能性。

「而且應該也有用探物魔法之類的技巧，事先確定《上王》所在的位置。這對古斯來說想必是易如反掌才對。」

瑪利和布拉德都表現出驚訝的樣子。看來到這邊為止我都說對了。

「然後……」

我把手放到嘴邊，再度確認剛才閃過的靈感。

這作戰最大的問題就在於殺掉對手的方法。弓箭會被彈開，魔法也無法造成傷害。雖然用砍的有效，但同時也會無限制地產生出惡魔，而且只要被對手的魔劍擊中，對方受的傷就會復原。

想要對付這種敵人的方法——

「在戰鬥中、把魔劍搶過來。」

……我想也只有這樣了。

《噬盡者（Over Eater）》據說只要砍到對手就能恢復自己的生命。從名字上推測，恐怕是透過吸收對手生命力之類的方式吧。

而問題就是那把劍在敵人的手中。

除了劍砍以外無法造成傷害的對手，不但能夠無限創造出小嘍囉，又能一邊攻擊一邊讓自己恢復，這種對手根本打不贏。

然而這個『打不贏』的前提之一——魔劍是可以轉讓或搶奪的物品，並不是《上王》與生俱來的特有能力。

「只要把魔劍搶過來，《上王》的特性反而會把《上王》自己逼上絕路。」

因為越是砍傷對手就能讓恢復我方生命用的小嘍囉越多。

布拉德剛才不就說過了，這是一把在亂鬥中什麼也不用想，只管拚命揮舞就能成為最終勝利者的劍。

我方可以把不斷湧出的小嘍囉當成補血材料，持續砍斬《上王》。

相對地，《上王》則是失去了補血道具的魔劍，沒辦法無限再生。

「只要讓戰況陷入膠著，最後會先叫苦的應該是《上王》才對。」

我嘀嘀咕咕地小聲呢喃著。

「至於搶奪的方法……首先由古斯放出大魔法將周圍的嘍囉們一掃而空。《上王》不會被魔法傷到反而是正好不過。」

總之要盡速讓戰況演變成一對一單挑的局面……

「然後由布拉德負責攻擊，由瑪利靠祝禱術治療**雙方**，就不會有更多惡魔出現了。」

既然敵人的血肉會變為惡魔，只要對方一受傷便立刻幫他治療就行了。

畢竟我方第一階段的目標不是讓敵人受傷，而是搶奪武器。

「……應該還需要一些人手負責阻擋從四周聚集過來的惡魔。我想參加作戰的人數大概是幾十人到一百人左右吧？」

這些人想必各個都是相當強悍的精銳，但周圍的敵人數量肯定也多得嚇人，我方恐怕只有漸漸被削減戰力的份吧。

「接下來就看布拉德是要靠武器纏繞還是把對手壓制在地上，或是砍斷對手的手腕手指等等，總之努力把魔劍搶過來就對了。而這點絕對有成功辦到。」

「喂，等等，為什麼你能講得那麼肯定？」

「布拉德現在會擁有魔劍這件事，本身就是搶奪成功的證據了吧？」

「…………」

嗯，看來我講對了。

「然後勝負就定下啦。」

雖然對手幾乎可以說是作弊等級，不過理論上靠這樣就能殺死才對。那麼古斯當然不可能錯過這樣的機會，肯定有招募到一群精銳，成功實行了作戰。

「而《上王》大概是死了吧？然後大家也被惡魔的殘黨們吞沒……」

最後幾乎是以兩敗俱傷的形式，所有人都死了。真是悲傷的結局。

不過這片大陸也因此得救──

「錯了，威爾。」

……咦？

「你果然是個天才，我現在更加確信這點啦。但你最後的結論錯了。」

布拉德一副苦澀地說道。

「我們……我最終沒能把《上王》徹底殺死。」

他這句話語中，流露出深深的絕望與放棄。

◆

「沒能、徹底殺死……？」

布拉德把頭低下。

瑪利則是對我的疑問點頭回應。

「威爾，你的猜測非常正確。教人驚訝地，當年古斯的作戰計畫從頭到尾都被你說對了。正如你所推想，古斯將能看到的要素全部加以活用，導引出了殺死《上王》

的可能性。」

而那項作戰計畫也確實成功了。瑪利語氣冷靜地如此說道。

「然而……」

接著，她的聲音變得彷彿在遙望什麼虛幻的東西般。

「然而，能夠看到的要素並非《上王》的一切。《上王》是個連古斯都無法預想到的怪物。」

這次我是真的無言了。就連『作弊也該有個限度吧』之類的話都講不出口。

……那傢伙到底是什麼東西嘛。

「顯露出本性的《上王》捨棄童子的外觀，變成了醜惡的異形戰士。然後，呃……」

瑪利頓時難以啟齒似地變得結巴，於是布拉德接著她說道：

「拿出真本事的《上王》是個比我還強的用劍高手。」

布拉德遙望遠方，大概是在回想與《上王》的戰鬥吧。

可是……

「……我砍不到他。我有過好幾次和巨大對手交戰的經驗，但就連一劍也砍不到對方卻是第一次。」

我完全無法想像。

布拉德居然敵不過？那究竟是強到什麼地步？要累積多少經驗才有辦法達到那樣的境界啊。

「我的魔劍不斷揮空，對方用《索取的話語》變出來的平凡魔劍卻可以不斷砍到我。明明那些將希望託付給我們、自願當人牆阻擋敵軍的夥伴們正在外頭陸續犧牲。」

布拉德的聲音帶著乾笑，彷彿在描述什麼劣質的惡夢一樣。

「想找藉口的話是要多少都有喔？例如對方可是惡魔中的老大，是《王級（King）》中的《王級（King）》，身體能力和我完全不同，而且搶來的魔劍是單手劍，和我平常用的巨劍不一樣等等。」

但是啊，布拉德說道。

「我在古斯的魔法與瑪利的祝禱之下已經受到充分的支援了。而且《上王》還在小鬼外型的階段時也已經受了大量的傷。」

對手同樣也有能找藉口的要素，而實戰本來就是這樣的東西。布拉德如此告訴我。

「在這些前提下，那傢伙稍微比我……恐怕只是稍微比我高了一階吧。站在我有生之年沒能達到的境界……」

那或許對布拉德而言是深深刻在心中的悽慘傷痕吧。我還是第一次看到平常總是很開朗的他會用這樣消沉的語調不斷講話。

「我到現在依然總是會想，自己究竟缺少了什麼，究竟該怎麼做才好……」

瑪利沉下眼皮，感覺什麼話也說不出來。

「但威爾你也知道……一切都太遲了。」

不死族是不會成長的。

即便布拉德再怎麼思考，再怎麼揮劍……

「我的劍術就到此為止了。」

……他也絕對無法踏上《上王》比他高出的那一階境界。

現場沉默了一段時間——

「然後，就在我們敗色漸濃的時候……」

瑪利接著閉上嘴巴的布拉德，繼續說道。

「古斯和我都用盡各自的奧義，對《上王》施予了封印。想說就算殺不死，至少也……」

這是代表那兩人**對布拉德的勝利已經放棄**的意思。

我很清楚這三人有多麼互相信賴，對彼此的人格與能力都帶著尊敬的心情。

而那樣的他們卻在夥伴發揮能力的最大舞臺上，決心做出等同於宣告『靠你的能力太勉強了』的行為……究竟是抱著怎麼樣的心情？

「幸運的是……我們的術法成功了。《上王》被古斯的法術束縛後，接著被瑪蒂爾的奇蹟所生成的大地裂縫吞噬，封印到這塊地底的深處。」

這就是征服了這塊大陸的大半土地，惡魔們的《上王》最後的命運。

「但是我們也很清楚，這麼做只不過是拖延時間而已。在惡魔之中也有很多會使用《話語》的魔法師以及侍奉次元神的強大神官。在外面負責當人牆的夥伴們早已被殲滅，敵軍攻進我們這裡也是遲早的問題了。」

然後如果連他們三人都被擊斃後，究竟會如何？

「接下來就是惡魔們群聚而來，慢慢地花上時間，想必就能解除他們《上王》的封印了。我和古斯所做的，到頭來也只是撐過一時之急的行為而已。」

瑪利的語氣中也含著深深的悔恨與絕望。

「……我們到了最後的最後，沒能徹底相信布拉德呀。」

就算機率再怎麼低，直到最後一刻都應該要相信布拉德的劍可以砍死《上王》的可能性才對。瑪利的話語中透露出這樣的心聲。

「然後……」

刺骨的寒風吹過。因為講了很長一段話的關係，我的身體已經徹底變涼。

「然後，彷彿是在嘲笑那樣的我們似地……」

一陣惡寒頓時讓我全身顫慄。

「不死神斯塔古內特的《木靈（Echo）》降臨了。」

《木靈（Echo）》。神明的分身——

「邪惡神明們的陣營並非大家都站在同一方。

他們是基於各自不同的理念在行動，遇到利害一致的時候會互相合作，反之亦然。」

「而對於不死神來說，《上王》的存在想必很礙事吧。那傢伙實在太過強大了，而且擁有《噬盡者（Over Eater）》，是個即便面對神明的《木靈（Echo）》也照樣能大笑著斬殺掉的怪物。」

而他身為次元神迪亞利谷瑪的眷屬稱霸了一整塊大陸，準備把魔爪伸向下一塊大陸。規模隨著時間會越來越龐大的軍力，最終想必可以稱霸兩大陸，甚至是整個世界。而且達成這項霸業的大軍首領，是個連眾神都要苦惱該如何殺死的怪物。

「趁著《上王》遭到封印的大好機會，不死神向我們提出了交易。」

「祂怎麼說？」

「……祂說：你們如此優秀，就化為不死族加入我方陣營吧。只要你們答應，我就幫你們把這座城市中的所有惡魔都消滅。然後你們就可以靠不死之身盡情在這裡守護封印了。」

「不死神斯塔古內特是個曾經隸屬於善良陣營，卻因為無法忍受看到生死悲劇而走上不同之路的神明。祂的期望是將所有優秀的靈魂都化為不死，創造出永遠停滯而沒有悲劇的世界。」

我們就是被不死神看上了。瑪利如此說道。

或許講『盯上』會比較正確吧。布拉德說著聳聳肩膀。

「那交易實質上等於是強制啦。雖然講說是讓我們選擇，但我們根本沒有選擇的餘地……只能接受祂的提案。」

瑪利以前曾經說過，自己是『善良陣營的叛徒』，背叛了自己所信仰的神明——地母神瑪蒂爾。

那就是指在這個瞬間締結的契約啊。

「於是我們成為了不死族。皮肉都被《上王》砍傷的我，就這樣變成了只有骨頭的骷髏人。瑪利大概是因為在瑪蒂爾的火焰燃燒中化為不死族的關係，變成了木乃伊。古斯則或許是對於他衰老的肉體已經沒有執著的緣故，變成了幽靈。」

三個人都完全保持著生前的知性，是最高等的不死族。布拉德語帶諷刺地說著。

「而不死神那傢伙接著就一掃整座城市。下級惡魔們甚至被那壓倒性的神威改變身體構造，成為他們本來不可能會變成的不死族。」

……因此至今依然能看到惡魔的不死族在都市中徘徊。

所有事情都串聯起來了。我過去所見各種謎團的理由終於漸漸被解開。

「就這樣，我們成為了《上王》封印的守護者。以這不死之身。」

據說起初還經常會有《上王》麾下的惡魔們來到這座城想要解除封印，但全部都遭到擊退了。

成為最高等不死族的這三人不但不會累也不會睏。只要沒有完全被破壞，受了傷都能自動復原。就連日光也不怕，根本是無人能敵。

「後來的兩百年，我們埋葬了過去一同挑戰《上王》的夥伴們，古斯也用魔法在街上布下警戒網……一路守護著這座城市的封印。」

「除此之外我們也沒有事情可以做啦。因為契約把我們束縛在這座城市，沒辦法離開一定距離以上，也無法透過魔法探知外面的狀況。究竟南邊境大陸(South mark)的人類圈是不是被毀滅了？北方的草原大陸(Grass land)又如何了？我們什麼都無從得知。甚至我們三個人還討論過，會不會人類早就已經滅亡了？就在這樣的時候……」

「這樣的、時候？」

「你來了，威爾……正確來講，應該是一群惡魔把你帶來了。」

哦哦，原來是這麼回事。

「我懂了。」

情報在我腦中接上了線。

「簡單講，我就是為了解開《上王》封印用的活祭品對吧？」

所以才會是個嬰兒。所以才會來到這種位於世界盡頭、遠離人世的廢墟。

「……啊哈哈，這樣你們不想講也是沒辦法的事情啦。畢竟要對還是個小孩子的我說『你曾經是惡魔的活祭品』什麼的，肯定很難啟齒吧。」

聽到我語氣開朗地這麼說道，布拉德與瑪利的態度都稍微變得緩和。

「是呀。就算是個性粗野的布拉德，在這件事情上也有所顧慮了。」

「講我粗野也太過分了吧，可惡。」

他們總算恢復了一如往常的互動。

「解決了那群惡魔之後，我們和古斯之間稍微爭執了一下。不過最後我們還是決定將你保護起來，好好養育。」

古斯之所以會對我態度那麼冷淡，大概就是因為這時候的爭執造成的吧。

「另外，既然那群惡魔能夠把你帶到這裡……」

「就代表在不遠的地方有人類生活圈的意思。」

嬰兒是很脆弱的存在，即便是會使用魔法的惡魔，要搬送也有個極限。

「雖然我們不清楚外面的狀況如何，搞不好變得相當悽慘也說不定……」

「但就算真的是那樣，我們只要把克服那種狀況的力量傳授給你就行了。像現在這樣。」

因此才有了今天的我。簡單講就是這麼一回事。

謎團解開了。一條線串起了過去與現在。

我今後要前往的，是想必在暴風雨般的大亂中活下來的人們所在的國度。

我要帶著那三人託付給我的力量，踏上新的人生。

……總有一天，我要再回到這裡來。帶著自己的家人或朋友，介紹給這三人認識。

或許試著重建這座城市也是個不錯的主意。

總有一天……

「你就把我們的事情忘了，去和活著的傢伙開心過活吧。」

「威爾，祝你幸福。然後不可以忘記要心存善意、誠心禱告喔。」

……咦？

「你是個傑出的徒弟。像今天的比賽也是，唉呀~內容上來講應該要算是我輸了……這個囂張又聰明的兒子，我愛死你啦。要變得更強喔。」

布拉德粗魯地摸著我的頭。

「雖然時間短暫，但能夠和你成為真正的家族讓我非常幸福。威爾，我可愛的孩子……母親愛著你。」

瑪利則是輕輕抱住我。

「咦？等一下。」

等等，為什麼？

為什麼要講得那樣……

「像是最後的、告別一樣……」

就在這時，天空忽然被厚重的烏雲掩蓋。雲層的動向非常不自然。

山丘上呼呼地開始颳起強風。

一陣笑聲響徹周圍。混著雜音，聲聲交疊，聽起來很不舒服。

從虛空中噴出了暗夜般黑漆的某種東西。就像火山噴出的黑煙般教人感到恐懼的那些東西漸漸凝聚，形成人類的外觀。

是個年輕的男子。體態均勻到很不自然的程度。彷彿沒有血液流動的蒼白肌膚，以及混濁的黑暗眼神。

【……道別結束了嗎，英雄？】

我光是看到那姿態，聽到那聲音……就有如靈魂被一把抓住似的，變得動彈不得。

「……是啊。」

「請吧，我們已做好覺悟了。」

布拉德和瑪利也毫不抵抗地沉下視線。

我的全身就像凍結了一樣，什麼也做不出來。

在靈魂上我就明白了，眼前這是人力所不能及的壓倒性存在。

【你們總算是**失去了執著**。】

我完全無法理解究竟發生了什麼事。

但我必須做出行動。

【按照契約，】

必須做出行動。

【就在此時此刻，】

要不然布拉德他……瑪利她……

【將你們的靈魂，】

為什麼不動？

快動、快動。

動啊……快動啊，拜託……

【收於我手中……】

啊、啊啊。

啊啊啊啊啊啊啊啊啊……！

「《破壞顯現(vastare)》！」

一陣衝擊朝蒼白的男子飛去，伴隨轟響揚起四周的沙土。

【……哼。】

山丘的一角被無情地刨起，沙土嘩啦嘩啦地落下。

攻擊並沒有命中目標。男子忽然將位置改變到十公尺遠的場所，感到不耐煩似地只是呢喃了一聲。

那不是我做的。我根本無法動彈。我始終沒有做出行動，現在依然全身顫抖著。

「威爾……帶著布拉德和瑪利退到後面去。」

眼前有個半透明的靈體背影。是我眼熟的背影。

個性乖僻，是個守財奴，講話冷淡，甚至曾經差點殺了我。

「放心吧。」

在周圍旋繞著濃密的瑪那。為了行使大魔法而敞開雙臂的他，用毅然的聲音說道：

「那傢伙交給老夫來解決。」

正是我敬愛的祖父，古斯……賢者奧古斯塔斯就在那裡。

◆

明明在這樣的場合，我卻頓時想起一段懷念的回憶。

模糊的記憶。是前世，印象中還是小孩子的時候，我在圖書館讀過一本寫給兒童看的小說。

我是個理解能力還算不錯的小孩，就算是文章中使用了較難的漢字、寫給高年級學生看的書，我也能一本接一本照讀不誤……

而我父母大概是因此感到開心，經常會帶我到圖書館去。

對於還是小孩子的我來說，圖書館非常廣大。放眼望去都是書本的光景甚至讓我感到暈眩。

在童書區，我找遍了所有書櫃，翻了各式各樣的書籍來看。

貪婪地閱讀了大量的書。

……在其中，有一本書我特別喜歡。

是一本殘破的古老奇幻小說，有魔法師會登場的故事。

雖然如今我已經想不起書名叫作什麼……

不過我記得書中張開雙臂的老魔法師實在非常帥氣。

「《綑綁（ligatur）》、《繩結（nodus）》、《束縛（obligatio）》——」

龐大的瑪那高速凝聚、噴發。《話語》如流星般飛向蒼白的男子。

【哈哈哈，賢者啊，你明知一切，卻依然想反抗嗎？】

男子全身散發出不屬於這個世界的不淨氣息，同時大聲嘲笑。接著眨眼間宛如黑色的霧氣般崩散……

「《連結（conciliat）》、《追蹤（sequitur）》！」

但古斯並沒有放過對手。

在拉出好幾條黑色的尾巴、靠擴散企圖避開束縛的霧靄周圍，《話語》有如爆炸般往四面八方散開。雖然看起來似乎沒什麼，不過在戰鬥中能夠瞬間配合對手的變化，毫不遲疑地追加適切的《話語》其實是極為高難度的技巧。

光是在最後追加一、兩個詞彙，有時候文章整體的印象就會改變。就好像字句雕琢過的詩文或是到處暗藏伏筆的小說……連串的《話語》有時會產生如花苞綻放般的變化效果。

從黑霧再度變回人類外型的男子四周出現了由瑪那形成的不定型牢籠與鎖鏈，層層包圍。是堅固而多層堆疊的束縛與封印之陣。

【唔——】

然而，被拘束的霧靄男子卻好像沒什麼太大的感受。

他依舊態度從容地對包覆四周的牢籠狀瑪那……

【……《破壞顯現（vastare）》。】

……放出了《破壞的話語》。

比古斯剛才釋放的魔法還要強烈的破壞旋風，輕易就準備扯壞牢籠——然而就在這時候，古斯已經刻劃完《話語》了。

右方的《守護話語》阻礙旋風，左方的《消去話語》則是抹消旋風。

與此同時，剛才展開的**成串《話語》本身**又進一步刻劃《話語》，強化牢籠的束縛。

【…………！】

——四重魔法投射（quadruple-cast）。

在渾身無力的瑪利與布拉德旁邊，我只能始終張大著眼睛。

古斯用看起來甚至很優雅的動作張開雙手，用充滿決意的眼神瞪向蒼白的男子。

「《蒼白之死（Pallida Mors）》，《平等驅踏萬物（aequo pulsat pede）》……」

男子注意到從古斯口中詠唱出的長句《話語》，才第一次皺起表情。

【……你這傢伙！】

他接著快速發出好幾句《話語》。空間頓時扭曲，周圍地面刨起，衝擊力道宛如要撕碎一切般亂竄，然而《話語》的拘束力依然不受動搖。

古斯所詠唱的那是……

「《不分貧者小屋（pauperum tabernas）》，《抑或王者尖塔（regumque turris）》！」

同時靠左右的《記號》增強的那些《話語》，本來是要好幾人同心協力才有辦法行使的儀式魔法。

是光靠一個人應該沒辦法達成的終極魔法之一。

「《全存在抹消（Damnatio Memoriae）》！」

物質、現象、魂魄。無色透明的崩壞波動將一切森羅萬象的《話語》與《話語》之間的連結都切斷，使之失去意義而返歸為瑪那。

終極的破壞魔法——《存在抹消的話語》把山丘挖出了一塊大洞。

有如被巨大野獸撕咬過似的，山丘的一部分瞬間化為空白。為了填補急遽消滅所造成的空洞，山丘周邊頓時颳起強風。

「…………」

即使《存在抹消的話語》確實成功，古斯依然絲毫沒有大意。他戒備著周圍的氣息，甚至用幾項《話語》進行確認。

一段時間後，大概是確信對手遭到消滅了，古斯這才解開戰鬥架式。

「……布拉德，瑪利，魂魄沒給他帶走吧？」

「哦哦，還在。」

「勉、勉強撐住了……」

古斯嘆了一口氣。

「那你們就先想法子安撫一下威爾。老夫可摸不著他。」

古斯說著，把視線望向我。眼角下垂，是他從沒讓我見過的溫柔眼神。

「——讓你嚇著了吧。」

被他這麼一說，我才注意到自己全身還緊繃著。

瑪利輕輕握住我的手，布拉德則是有點笨拙地摸撫我的背。

我發現自己原來連氣息都停住，幾乎沒在呼吸了。

「啊……」

「……嗚、呼……！」

肺部為了尋求氧氣，用力深吸一口，再吐出來。

全身的冷汗頓時噴出。遲了一些後，才開始「喀喀喀」地發抖。

眼角很自然地滲出淚水。

好恐怖。好恐怖。好恐怖。好恐怖……！剛才那對手真的好恐怖。

我應該已經變得很強了。就算武術還比不上布拉德，魔法還比不上古斯，精神力還比不上瑪利，但我一直以來都很認真在鍛鍊，也抱有自信。

然而剛才面對那個黑霧男子，我卻完全無法動彈。

我當時心中有個確信：**我絕對贏不了對方**。

「抱歉，老頭……到頭來，你擔心的狀況還是發生了。」

布拉德如此說道。

「本來是希望可以撐到威爾踏出旅程的……」

瑪利感到遺憾地呢喃。

「那就是你們兩人的決斷吧。」

古斯則是聳聳肩膀。

「……老夫也沒乖僻到連你們做出那樣選擇的意志都要貶低的程度。」

他的語氣溫柔，彷彿在體恤那兩人。

「更何況，其實處理得意外順利嘛。」

「……是啊。你剛剛超帥氣的。」

「真的很謝謝你。每次都這樣麻煩你……」

「別在意，都是互相啦。」

古斯與那兩人相視而笑，氣氛上感覺像是雙方之間的什麼鴻溝被埋平了。

他接著把臉轉向我。

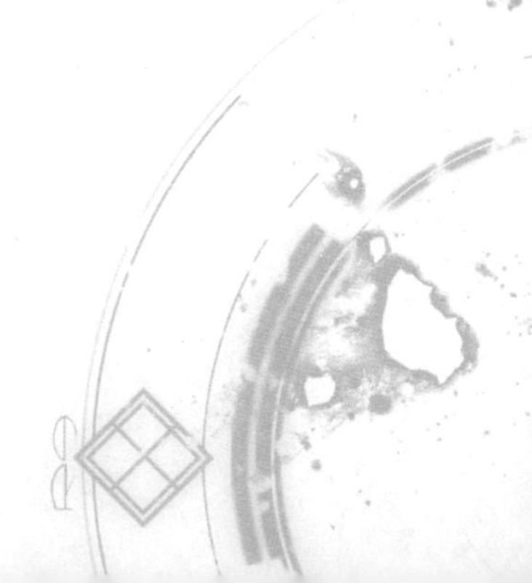

「唉，威爾，咱們讓你被捲進麻煩事啦。」

唉呀，用不著你擔心就是了。古斯說著，笑了起來。表情彷彿是長久以來擔心的事情總算解決般開朗。

「好啦，這下該如何說明起才好……雖然也不是什麼複雜的事情。」

「……唉呀，畢竟事情都變成這樣，這方面也不能隱瞞啦。」

「是呀，我也認為應該講清楚……啊，要不要進屋內去？威爾應該會冷吧。」

我順便去泡壺藥草茶之類的。瑪利如此提議後，布拉德笑著回了一句「那不錯」並走向神殿入口，而古斯則是一臉無奈地轉向我。

「說得也對，就圍著暖和的火爐慢慢兒說吧。已經沒什麼好擔心的了。」

看到古斯那未曾有過的笑容，連我也莫名感到開心起來。

緊張的情緒總算放鬆。就到溫暖的暖爐前用藥草茶的杯子暖和雙手，慢慢聽他們講吧。那是我們一如往常的家族時刻。

「所有的問題都已經獲得解決啦。」

我笑著回應古斯。而就在我踏出一步時，我的笑臉——

「所以、說……？」

瞬間凍結了。

——黑霧形成的手臂竟貫穿了古斯的胸口。

「啊、咳…………」

身為靈體的古斯卻痛苦呻吟起來。

我根本還來不及做出反應……古斯的身體就輕易**被撕裂成上下兩半**。

「老頭……！」

「啊！布拉德！」

不同於當場呆住的我，布拉德和瑪利立刻做出了行動。

布拉德呼應瑪利的聲音站到前鋒，瑪利則是擺出行使祝禱術的動作。絲毫沒有遲疑的反應速度與合作行動，證明他們純熟精練的程度。

然而那樣的兩個人……

【……哈哈哈。】

卻被擊潰了。

全身癱軟地趴倒在地上。

只不過短短的一瞬間而已。

「嗚、啊啊啊……！」

布拉德全身上下的骨骼不斷軋軋發出破碎的聲響。是黑色的霧在壓迫他，彈出

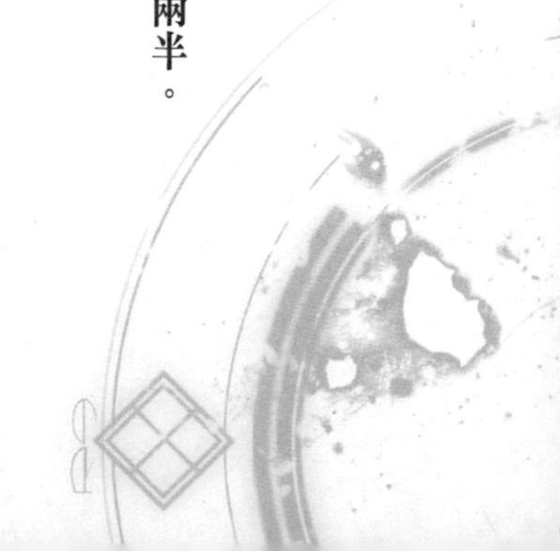

的骨片甚至打在我的臉頰上。

「咿……！」

瑪利的喉頭被黑霧挖開，雙臂如樹枝般被折斷。從她口中發出空氣漏洩的聲音，已經無法對神明禱告了。

【真是驚訝。沒想到居然能單獨一個人就破壞了我的分身……】

黑色的霧氣再度變成人形。

混著雜訊的聲音。

體態均勻到很不自然的程度。彷彿沒有血液流動的蒼白肌膚，以及混濁的黑暗眼神。

【要是我沒有預先把力量分散，將分身拆成兩具，就沒辦法長時間活動了。】

男子對他用單手握住的古斯上半身說道。

【讓我稱讚你吧，《徬徨賢者(Wandering Sage)》。你的確是個無人能比的大魔法師。】

古斯……胸口以下都被撕裂的古斯，用布滿血絲的眼睛瞪著男子。

然而男子看到那表情卻依舊一臉輕鬆。

「斯塔、古……內特……！」

斯塔古、內特。斯塔古內特。不死神……是《木靈(Echo)》！

【要毀掉實在可惜。我就慢慢等到你失去執著吧。】

如此宣告後，《不死神的木靈》便隨意把古斯的上半身丟到一旁。

【然後，站在那邊的你。】

不死神的視線接著朝我看來。

我的心臟頓時用力跳了一下。

雙腳開始不斷發抖。

明明想要把眼睛別開，卻連這點動作都辦不到。

我清楚看見對方揚起嘴角。

他朝我走來。但我無法動彈。

大概是認知到不死神朝我靠近的關係。

身體都半毀的瑪麗與布拉德拚命想拉扯男子的腳，卻又被壓擠得更嚴重。骨頭碎裂的聲音不斷傳來。

不死神來到我眼前。

就在我、預感到死亡、的瞬間……

【**你做得很好**。】

對方含著笑容說出的話語……

【這全都是你的功勞。就讓我感謝你吧。】

毫無疑問，是在讚賞我。

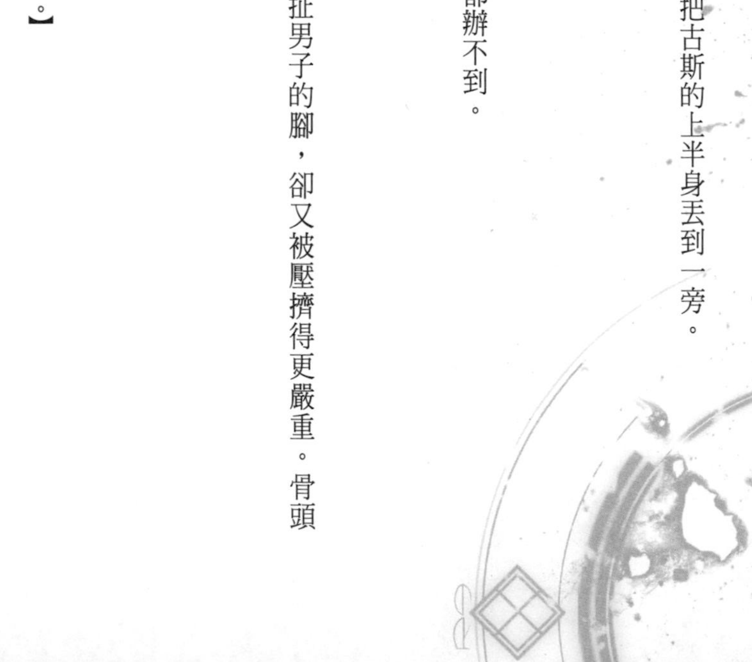

「你在、說什麼…………」

顫抖的嘴唇與打結的舌頭好不容易才說出話來。

【這些英雄們與我訂下契約，成為了最高等的不死族。】

不死神張開雙臂暢談，看起來極為愉快。

【交換條件就是等他們哪一天失去對《上王》的執著時——我會再度現身，讓他們完全成為我的僕人。】

全身飄散出不淨氣息的男子說著。這不就表示……

「是、我……」

【沒錯。】

不死神嗤笑了一下。

【多虧你，讓《賢者》的執著漸淡，《戰鬼》和《愛女》甚至完全失去了對《上王》的執著。】

話語從我的耳朵通過。我的理解跟不上對話。因為、因為那、不就是……

【多虧有你，讓這些英傑們總算要成為我的僕人了。】

不死神感覺相當愉快。

【……這都要多虧你做為他們的兒子，**認真活了下來**。】

可是、那是、我因為、重獲新生。

下定決心、這次要、這次要好好活下去。

要認真、**活下去**……

【哈哈哈，看來你相當震驚啊！唉呀，這也是難免的。】

我的腦袋無法思考。

【不過，我對你的感謝之意可非虛假喔？】

聲音竄入我的耳朵。

【另外，雖然還不成熟，但你身為這三英傑的徒弟也不錯。】

我無法理解。

【如何？你要不要也侍候我，加入我的陣營？】

我無法理解。

【……**我就讓你和這三人永遠相親相愛地生活吧**。】

「——！」

那是……

【哈哈哈，有興趣嗎？你當然有吧？但是讓你馬上做出決定也稍嫌無趣……】

就給你一些時間考慮吧，和你珍惜的家人們一起想想。不死神笑著如此說道。

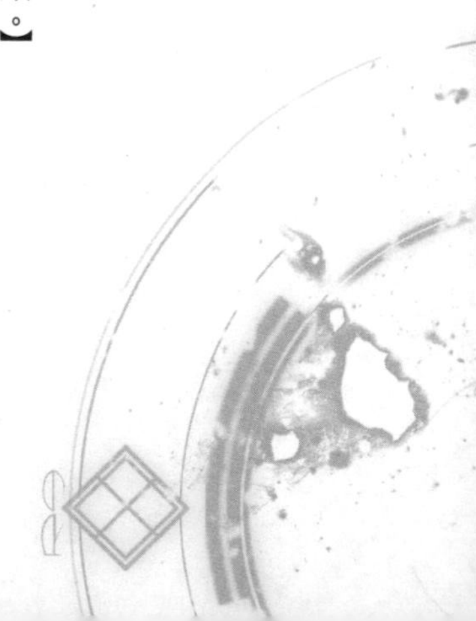

【明日適逢冬至，是討人厭的太陽力量最為薄弱的時候。】

不死神的外觀崩散，化為黑霧。

【——就在明晚，讓我聽聽你的回答吧。】

一陣風吹過，不死神的身影隨之消失。

我只能像個白痴一樣呆站在原處，什麼事也做不到，就這樣目送祂離開。

第四章

不死神離去之後……

我將被傷得滿目瘡痍、失去意識的那三人搬運到神殿內。

他們都被破壞到不死族勉強還能活動的極限。之所以沒有完全被破壞，是因為不死神的目的是要獲得那三人的靈魂。

他們三人都是高等不死族，受了傷大致上都能立刻復原，但這次就沒辦法了。

這次的損傷實在太嚴重，再加上傷害他們的正是不死力量的泉源《不死神的木靈》，不可能馬上就復原的。

看他們如此遲緩的復原速度，我想到了明天別說是無法痊癒，恐怕依然還是重傷吧。

「……──」

我首先搬送的是手臂粉碎、喉嚨穿刺傷的瑪利。她全身癱軟無力，瘦而輕到教人難過的程度。

接著是古斯，但因為我無法觸碰身為靈體的他，只能使用幾種《話語》移送，卻好幾次忍不住聲音發抖。

最後把布拉德碎裂的骨頭一塊一塊按照部位整理、搬送。緊咬牙根，忍著淚水，一趟又一趟地往返神殿與山丘。

……都是我的錯。是我奪走了布拉德與瑪利的執著。

古斯之所以反對養育我的理由，以及他將過度的知識硬塞給我的理由，企圖殺掉我的理由，希望我故意輸掉的理由，我總算都明白了。

布拉德與瑪利兩人的個性上不可能會對我見死不救。但是一旦收養我，他們搞不好就會失去執著。因此古斯才會強硬反對收養我的事情。

但他的反對並沒有奏效，而且收養之後發現我……因為前世記憶的緣故對事物理解得特別快，又努力要成為一個乖小孩，讓布拉德與瑪利更加提升了對養育我的熱情。

古斯那段時期對我施行過度的填鴨教育，大概就是為了壓垮我吧。用大量而不講理的課題壓垮我，試圖讓我變得討厭學習。然而我不但沒有被壓垮……布拉德和瑪利也明顯漸漸對《上王》失去執著，漸漸變得傾心在我身上。

所以古斯才會狠下心決定殺掉我的。

當時他之所以會使用《石人偶創造（create golem）》與《石礫（stone blast）》，是為了將我的死亡偽裝成在到處都是瓦礫的地下城中意外喪命的。

我並不認為那是殘酷的決斷。

兩名友人的靈魂將被惡神永遠拘束的可能性，以及只不過是撿來十年左右的小孩子的性命，將兩者放到天秤上衡量之後選擇前者，絕不是什麼奇怪的判斷。

而且我想古斯心中應該也有糾纏過。

不只是對於殺掉我這件事本身，而且照古斯的腦袋，他不可能沒思考過我的死亡會讓那兩人變得空虛，更加失去執著的可能性。到頭來的問題還是那兩人的心。古斯自己肯定也很清楚，這不是靠邏輯能夠選出正確答案的問題。或許正因為如此，他才會決定交給天命抉擇，而給予了我反擊的機會吧。

……當時的古斯究竟有多難受、多苦惱，究竟是抱著怎樣的心情放過我的？

還有叫我故意輸給布拉德的時候也是一樣。那是為了避免因為我獲勝讓布拉德感到滿足而失去執著才那麼說的。

即使有預測到我會反抗，古斯依然沒有把理由告訴我。明明他內心應該很想控訴：就是你即將為那兩人帶來破滅……但他卻什麼也沒對我說。

然後，當最終演變成致命性的事態時……

古斯決意獨自一個人與神的《木靈(Echo)》交戰。為了保護我、布拉德與瑪利，他決定只靠一個人的力量迎戰那教人恐懼的存在。

「…………」

我想布拉德和瑪利恐怕早已做好覺悟了。

他們知道養育我有可能會失去執著。也猜想到他們自己可能破滅，留下古斯一個人。即使明白這一切，他們依然選擇了收養我。

明明他們可以把我丟著不管，或是隨隨便便養大。但他們卻選擇認真面對我，用心栽培我。

恐怕在那過程中，他們和古斯之間起過不少爭執吧。

我可以清楚想像出來，每當爭執時布拉德態度尷尬但絕不退讓，以及瑪利一臉愧疚卻還是保護著我的樣子。

而我卻什麼都不知道，一直以來都過得悠悠哉哉。殊不知自己的生活是建立在古斯的苦惱，以及布拉德與瑪利的自我犧牲之上……

「嗚……」

我只會開心忘我地想著『這次要認真過活』什麼的，只會天真無邪地相信他們總有一天會向自己說明一切，只會對即將前往的外面世界懷抱希望。

「嗚嗚…………」

上輩子模糊的記憶湧上腦海。

引擎運轉的聲音。載著白色棺材的推車經過眼前。火葬爐的門伴隨無機質的機械聲響緩緩關上。

前世父母親的死。我一路來只會添麻煩，卻什麼也沒回報，父母就過世了。

「嗚嗚嗚……」

淚水不斷溢出眼眶。

在昏睡狀態的三人面前，我不禁跪下雙膝。無處宣洩、宛如火燒般的心情在我胸口中攪動。好痛，實在好痛，痛到我不禁趴在冰冷的地板上。

「對、不起……」

這次一定要？什麼叫這次一定要？

「對不起……對不起……」

都是我，害得養育之親又要死了。

只會添麻煩，什麼也沒回報，什麼也無法挽回。

「對不起，對不起……請、原諒我……」

啊啊，我果然是個人渣。

即便重獲新生，依然是個無藥可救的無能人渣。

什麼叫『這次一定要』？這次還是一樣啊。

在重要的時候什麼都做不到。只會窩在昏暗的房間中，被無處宣洩的感情燃燒著胸口，反覆不知說給誰聽的道歉。

……就算投胎轉世了，我依然什麼也沒改變。

◆

「嘿……」

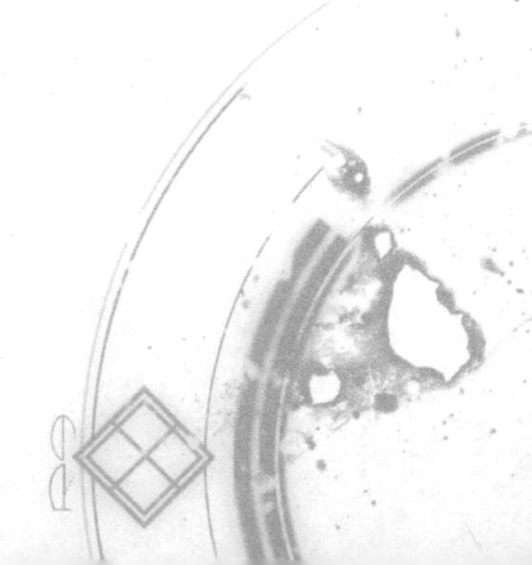

傳來的聲音讓我頓時回神，睜開眼睛。

我剛才趴著、哭著、呻吟著、道歉著，不斷道歉著……不知不覺間，從途中的記憶就中斷了。甚至不清楚自己究竟是昏過去，還是睡著了。

「喂……你臉色真難看啊……」

全身到處損壞的布拉德讓下顎喀喀作響地笑了起來。

「唉呦，真的呢……」

喉嚨依然沒好的瑪利用沙啞的聲音說道。

只有上半身的古斯則是聳聳肩膀。

「不可以喔，威爾。冬天怎麼可以睡在地板上呢？」

「唔，去泡壺藥草茶之類的來喝吧……老夫看你肯定從昨天就什麼都沒吃了。」

「哦，那可不好。你要好好吃啊，先吃飽要緊。」

大家的態度都一如往常……甚至讓人以為發生的事情會不會都只是一場夢。

感受到他們的溫暖，燃燒般的感情頓時在我心中攪動。

彷彿有什麼東西從胸口湧上來，讓我難以呼吸，淚水滲出。

「對、不起……」

我忍不住低下臉，怎麼也抬不起頭。

「那樣不對，威爾。這只是我們為自己過去愚蠢的行為還債而已，不是你的錯。」

「我們違背輪迴存在了太長的時間，必須好好支付代價才行呀。」

即使聽到這些話，我還是沒辦法看向那三人。

「……話雖如此，不過古斯老頭倒是完全無視於契約，還打算把討債人揍飛，結果失敗啦！你還是老樣子這麼嗆啊。」

「哼，趁人之危強逼的契約根本不叫契約，到討債時反被揍也是理所當然的。話說回來，萬萬沒想到那傢伙居然會把《木靈（Echo）》分成兩個。老夫為了讓祂接下來十年都沒辦法在這次元露臉，可是很仔細地把目標消滅乾淨的說。」

「呵呵呵，不過呀，講這話或許有點不好……但我看到那個不死神蒼白的臉被消滅的時候，內心其實感到有點爽快喔？」

聽到瑪利難得講出這樣恐怖的發言，另外兩人都頓時大笑起來。

「我是說真的。如果可以把不死神的《木靈（Echo）》拖去一起死，感覺也不壞呢。」

「說得也是……我們三人合力修理祂一頓吧？」

我本來還覺得再怎麼說都不可能打贏神明，而且既然是契約就沒辦法的，不過既然能夠消滅一具，搞不好意外可以辦得到喔。布拉德笑著如此說道。

「唔，就是要抱著那樣的志氣……雖然不知道這種狀態下還有沒有辦法使用，不過老夫下次將《存在抹消的話語》用得更豪邁點，把那傢伙和咱們都一口氣消滅掉如何？」

「聽起來不錯啊！把那傢伙想要得到的我們的靈魂都一起解體消滅是吧！」

「真是美妙的計畫呢，古斯。」

現場的氣氛相當明快。

這三人肯定從生前時就是這樣交談的。

……即便是我也知道，他們是在強裝開朗。

古斯利用奇襲與出乎對手預料的王牌一口氣壓制才好不容易獲勝一次的。但想必不會有第二次機會了吧……畢竟這三人的傷勢都非常嚴重。

「總之就是這樣，威爾。你已經成年，可以獨立了。快點離開這裡吧。」

「雖然沒能為你祝賀，也沒能為你舉行成年儀式，實在很遺憾……」

「唉呀，就把老夫們至今教過你的一切當作是賀禮吧。」

胸口、好痛。

「到外面去好好闖蕩一番，收個小弟之類的，然後也學一堆壞壞的遊戲吧。」

「啊，喂！布拉德！不要教他那些奇怪的事情！」

「哈哈哈，瑪利就多少睜一隻眼閉一隻眼吧。所謂男人都是這樣的。」

「要是染上什麼壞習慣，不就會改不掉了嗎！」

胸口、好痛。火燒般的感情在我胸口內側不斷攪動著。

「稍微吃點苦頭也是學習的一種啦。對吧，老頭？」

「唔……唉呀別擔心，威爾沒問題的。」

「是啊，威爾一定可以處理得很好。」

「關於這點，我也是很信任威爾呀……」

胸口好痛。痛到教人難以忍受。

「…………不是、那樣。」

不對。不是那樣啊。

「我才不是、那樣、讓你們三個人可以期待的、存在……」

我宛如吐出鮮血般，用顫抖的聲音，擠出話語。

「……嗯。」

你有話就說說看吧。被布拉德這樣示意，我就像潰堤似地把全部說了出來。

帶著自責、羞恥與悲嘆，各種負面感情攪在一起。

關於我擁有前世記憶的事情。關於我前世有多無藥可救的事情。

關於我重獲新生後，決定這次一定要好好過活的事情。關於我的存在折磨著那三人，自己卻什麼也不知道地悠悠哉哉生活的事情。關於自己到頭來什麼也沒回報的事情。

像個自首罪狀的犯人一樣，我把心中所想的一切都化為語言說了出來。

而那三人始終都安安靜靜地聽著我說話。

「就連我上輩子……遭受我添了一堆麻煩的父母過世的時候，我也不記得自己有沒有哭。」

沒錯。

我那個時候——心中究竟是怎麼想的？

就連這樣的記憶都沉入五里霧中的我……

「根本是個人渣啊。」

我只是來到新的環境中，以為自己可以從頭來過而開心忘我的……

「…………無藥可救的人渣啊。」

這樣的我要到外面的世界，根本太勉強了。我不可能符合他們的期待。

思緒不斷在腦中打轉。好難受，好痛苦，好悲傷，好丟臉。

我沒辦法正面直視那三人的臉。

瑪利喚了我一聲……我戰戰兢兢地抬起頭。

「…………威爾。」

「把牙根咬緊。」

一陣衝擊襲來。遲了一拍之後我才理解，是她狠狠甩了我一個耳光。

瑪利好不容易稍微復原的手臂又扭得更嚴重了。我不禁「咿！」地發出尖叫般的聲音……

「瑪、瑪利……」

「你看著我！」

瑪利無視於自己的傷勢，用雙手夾住我的臉頰，讓我看向她的眼睛。

那裡沒有眼球。只有空洞的眼窩。

瑪利早就沒有眼球了。她平常總是沉著眼皮。那並不只是因為她個性端莊而已，也是為了讓我不要被那眼窩嚇到，才會一直沉著眼皮的。

「威爾，母親我絕不允許你繼續那樣傷害自己。」

她堅毅地如此說道。

「你說你是人渣？不要開玩笑了。你總是非常認真，非常努力不是嗎？就算被古斯出了多不講理的課題，就算和布拉德的鍛鍊中受了多少次傷，就算被丟到山野或地下城中也一樣。」

瑪利靜靜地，但氣勢不容反駁地一句接一句說著。

我從來沒有看過她講話語氣如此強硬的樣子。

「好好看清楚自己辦到了些什麼事！前世的記憶又如何！只不過是被不死神嚇唬了一下就動搖成這樣，成何體統！」

我有種被當頭棒喝的感覺。

「你說你不記得前世父母過世時，自己究竟有沒有哭？你肯定有哭呀！

只是因為記憶模糊就感到後悔的你！現在為了我們如此哭泣的你！那時候怎麼可能會沒有哭！」

碰！碰！我的心不斷受到震撼。原本麻痺的感覺漸漸變得鮮明。

明明已經哭過那麼多，淚水卻又滲了出來。

……冷透的心中緩緩地有某種溫暖的東西被點燃。

「威爾——威廉！不要那樣懦弱消極，給我振作一點……回應呢！」

被瑪利如此一喝，我哽咽了一聲後……

「……是！」

伸直背脊，正面看著瑪利，如此回應。原本在胸口中攪動而難以自拔的感情已經消失無蹤了。

隔著瑪利的肩膀，我看到布拉德與古斯在她背後露出苦笑。

「嘿嘿嘿，懦弱可是會被罵的喔？」

「看來消極鬼已經被趕跑了。」

我用力點頭回應。心中已經不再猶豫了。

心中點燃的溫暖存在漸漸如岩漿般炙熱。

變得清晰的思緒開始高速構築起理論。

沒問題。我已經沒問題了……因為有瑪利守護著我。

所以——

「我有個請求。」

現在，我可以戰鬥。

「請讓我保護大家吧。」

我肯定能夠戰鬥。

——心中的決意，毫無陰霾。

◆

在太陽還沒下山之前，我享用了一頓溫暖的餐食。冒著熱煙的食物暖和冰冷的身體，給予了我活力與勇氣。

我接著整理裝備。不死神說過祂晚上會來。我將短槍《朧月(Pale Moon)》伸到兩公尺長，把照明設定為最大範圍、最大亮度。

另外我也考慮到可能使用盾牌毆打，因此將邊緣部分磨利的圓盾套在左手上，用皮帶固定。

在厚實的襯衣外面套上皮甲，重要部位再穿上金屬製的護頸、護胸、護手與護腿。不過有可能阻礙視覺與聽覺的頭盔我就故意不戴了。

反正在神明面前半吊子的護具都只是穿心安的而已。因此我只考慮到汗水流入眼睛或是攻擊的餘波割傷額頭的可能性，而綁上一條護額代替頭盔。

最後，我確認了一下掛著《噬盡者（Over Eater）》的劍帶。

這把對《木靈（Echo）》也有效的劍，是一切的關鍵。

靠魔法與祝禱能做到的支援，我也在瑪利與古斯的協力下全部施加在身上了。多虧如此，我的體能與對魔法的抵抗力比平常提升了三成。至於到時候會是『終究只有三成』或是『幸好有這三成』，現在還不知道。

……那三人始終不斷勸阻我，也提議過至少讓他們跟我一起戰鬥。

然而照他們現在的狀況，就算加入戰局也無法發揮出多少戰力。我反而確信自己一個人戰鬥可以比較輕鬆。

「出新手村之前就要先打隱藏魔王啊……」

我不經意回想起前世的電玩遊戲，小聲嘀咕。真是糟糕透頂的遊戲安排。

不過現實往往都是如此。有時候連一點像樣的準備工作都還沒做好，就會遇上強到亂七八糟的對手。

能夠循序漸進從對付小嘍囉慢慢升級當然是最好，但世事不可能永遠如此。冷不防遭遇到教人絕望而無從對付的敵人也是有可能的。

在那種時候究竟該怎麼辦？

「……只能多下點功夫，嘗試挑戰，然後盡自己的努力啦。」

雖然這講法是一種毅力論、精神論，不過我轉世之後學到，有時候愚昧憨直的態度也是很重要的。

有沒有勝算，能不能贏，辦不辦得到什麼的。

在沒有能力數值化的現實中，很多事情不挑戰看看就不知道結果。

考慮風險固然很重要，但若是過度恐懼失敗而排除一切風險，到頭來就什麼行動都做不到，只能窩在原地而已。

仔細做完伸展運動後，我來到神殿的眾神雕像前焚香、跪下。

「善良的眾神們，我接下來將要為了我珍惜的父親、母親與祖父而戰……獨自一人，對抗邪惡的神明。」

我交握雙手，沉下眼皮。

「若祢們有看著我的行動，懇請多少給予我保佑。」

願我不會膽怯。願我不會退縮。願我的戰鬥不會讓教導我的那三人丟臉。

簡短禱告後，我站起身子。

打開神殿的大門。

往暗夜中，往外面的世界……自己踏出一步。

在夜晚的山丘上，刺骨的寒風不斷吹颳。從山麓下的墓園傳來教人毛骨悚然的不淨氣息。

【……來吧，你做好決定了嗎？】

是啊，我決定好了。

「不死神斯塔古內特，邪惡的神明。」

我邁出腳步，漸漸加快速度。從徐行加速到快步，從快步加速到疾走。

「你休想從我這裡奪走任何存在！」

我，將要挑戰神明。

◆

我握著照亮四周的短槍，飛也似地衝下山丘。

在與城市的反方向，一塊以茂密的樹林為背景、墓碑林立的場所，站著一名臉色蒼白、眼神昏暗的男子。正是昨天讓我嚇得無法動彈的對手。

今天我感受到的壓力依然沒變，但不可思議的是，我的身體可以自在活動。

瑪利的斥責與激勵甚至帶著一股熱量驅動了我。

……面對擁有壓到性力量的惡神《木靈（Echo）》居然宣告敵對還從正面挑戰，乍看之下是相當愚蠢的行為，但這就是我思考到最後得出的最佳結論。

說到底，對方可是神明的分身，是存在於不同次元的對手。單純用鐵劍或石塊之類的攻擊也一點用都沒有。

想要讓這樣的存在受傷，甚至消滅，我目前能夠想到的手段只有大致三類。要不就是藉助於其他神明的力量，要不就是像古斯一樣使用高級魔法，或是用高等的魔法武器攻擊。

其中第一項——善神的《木靈（Echo）》降臨——我打從一開始就不抱期待。我可沒有自我中心到認為不知位於何處的善神會那麼剛好聽到我的祈禱並現身。如果打從一開始就要期待不是自己能夠控制的力量，那與其出面戰鬥還不如躲起來不斷禱告才對。

至於第二項的高級魔法，這也很困難。我是古斯的徒弟，只要努力一點也不是辦不到《存在抹消》等級的魔法。但那是花時間仔細做好準備工作才多少可以達到像樣程度的成功率而已。要像古斯那樣透過高速多重魔法行使將對手《拘束》之後，又連同《拘束》一起用《存在抹消》全部消滅的亂來招式，怎麼想也不可能一、兩天就模仿起來。而既然無法模仿，面對已經中過一次招而想必會戒備類似手法的對手，使用劣化招式挑戰也沒有意義。

而第三選項的高等魔法武器，這是唯一可能有效的手段。布拉德給我的《噬盡者（Over Eater）》毫無疑問是符合這項條件的魔劍。面對還在戒備魔法的對手，比起慢吞吞準備什麼大魔法，用這把魔劍攻擊還比較有成功的希望。

在這樣的前提下，必須考慮到魔劍的攻擊距離很短。可以的話，我當然希望透過騙術之類的手段讓對手大意之後施展奇襲，但我不得不判斷這是不可能辦到的事情。既然我方能夠傷害對手的手段有限，把能夠達到那手段的武器帶在身上呈現隨時可以拔劍的狀態，根本就等於是宣告敵對了。

可以想像看看，如果有人嘴上宣稱要投降，卻明顯在背後握著一把刀子接近過來……若是我就絕對不會相信，當然不死神也是一樣。

我雖然也想過把魔劍藏起來，但面對神明化身的知覺能力，用普通的隱藏方式想要瞞得過去也太樂觀了。

與其要嘗試那樣風險高的賭博，還不如乾脆一點做好戰鬥準備，從正面挑戰。而且進一步地……

「來跟我打一場！既然身為神明，面對區區一個人類的小鬼頭，祢總不會跟我說祢想逃吧！」

我利用了對方身為神明，也就是身為上位者的自尊。

如果這點程度的挑釁就讓對方上鉤，選擇跟我一對一單挑，當然是最好的展開了。不過我真正的目標其實沒那麼高。然而……

【哈哈哈，以一個小鬼頭來說，你也頗聰明的。】

身旁圍繞霧氣、姿勢端正的《不死神木靈》感到有趣似地，對衝向祂的我拍手鼓掌起來。

【——你這是想要讓我的注意力集中到你身上，限制我的行動，對吧？】

被看穿了。我的想法就是姑且不論對方有沒有打算和我一戰，至少要讓祂把意識集中在『要怎麼處置我』這件事情上。

畢竟在我後方有虛弱的布拉德與瑪利。光是正面交戰我就不一定有勝算了，萬一不死神無視於我的存在，選擇直接回收那兩人，我就會真的束手無策。

【好，我就陪陪你。不過你可是要挑戰神明……】

站在山麓的不死神身上釋放出黑色的霧氣，沿著地面擴散。接著宛如油脂般漸漸滲入地面。

……我雖然不清楚對方想做什麼，不過要是被祂先下手為強就糟了！

「《加速》(acceleratio)！」

我在情急之下詠唱《話語》讓自己進一步加速。配合原本增強體能的效果，我得到壓倒性的加速感。

現在我連自己也不知道每踏一步就飛越了幾公尺遠。

宛如子彈般飛快抵達不死神面前的我，準備拔出《噬盡者》(Over Eater)一劍砍下……

「——！」

卻被側面突如其來的打擊當場撞飛。

我沒有勉強自己抵抗力道，而是順勢跳躍，在地上打滾後彈起身子。

【就首先證明一下自己擁有那樣的資格吧？】

附近一帶的墓碑紛紛倒下，土地隆起，有東西從地底爬了出來。

「這、是……」

是戰士們。

身上穿戴生鏽的裝備，到處有部位缺損的骸骨戰士們。

還有魔法師。

手握腐朽的拐杖，眼窩空洞而站姿搖曳的骸骨魔法師們。

墳土一塊塊從身上剝落的骷髏人們，接二連三地在周圍站了起來。

【吾乃不死神——不死神斯塔古內特。】

我頓時想起一件事。

布拉德、瑪利與古斯那三人是為了打倒《上王》來到這裡，和眾多的夥伴們一起。

他們犧牲夥伴，而且在不得已之下與不死神訂定契約，才封印了《上王》。

最後成為封印的守護者，還埋葬了犧牲性命的夥伴們。

……埋葬在哪裡？

那還用說，當然就是**這地方**了！

【吾乃率領不死戰士的存在。】

或許並非連內在的靈魂都是本人……但他們可是那三人的夥伴。各個都是堪稱英雄人物的屍骸。

【呵呵……哈哈哈！來，年輕的戰士！你就盡情證明你的力量給我看看吧！】

不死神大笑著。張開雙臂，彷彿在迎接我似的。

那是在表示：如果你有能耐，就殺到我面前來看看吧。

在祂四周，圍繞著英雄們化為不死族的屍骸。

——數量大約上百。

根本是在玩弄我。根本沒有勝算。

就在這樣的想法準備閃過我腦海的時候——

「哈！」

那又如何？

我讓差點僵硬的嘴角勉強揚起，露出猙獰的笑臉。

就好像生前的布拉德肯定會露出的表情。

然後架起短槍，環顧四周，思考最佳的戰術。

如果是古斯肯定會這麼做。

我不會放棄，不會動搖。直到最後都要相信可能性。

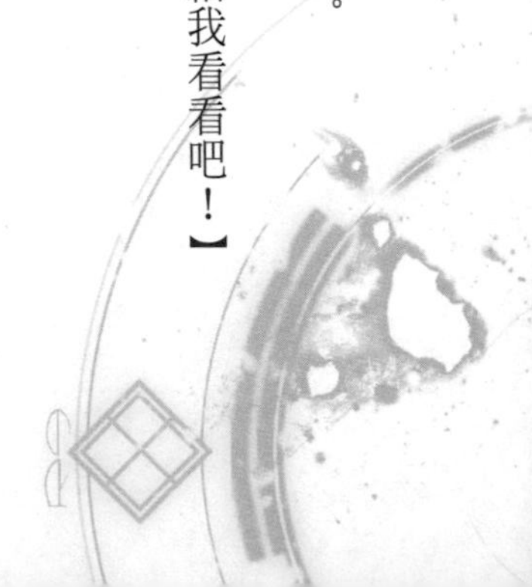

瑪利就是這樣教導我的。

「管你有多少人——全部放馬過來吧！」

◆

……狀況極為惡劣。

我衝到不死族戰士的面前，把盾牌擺橫用邊緣毆打，靠蠻力將對手變得脆弱的肋骨與背脊打碎。接著背對一塊較大的墓碑喊出《話語》，展開油脂(grease)與蜘蛛絲(web)，阻止另一批朝我襲來的敵人。同時用類似棍術的招式揮下、橫掃短槍，把靠近到我身邊的幾具骷髏擊碎。

就在這時，一名裝備輕盈的輕戰士風不死族越過墓碑朝我跳來。他身上的鎖子甲呈現美麗的銀色，是《真銀(mithril)》之類的材質，應該砍不斷。

「喝！」

因此我用短槍朝他的腓骨與脛骨，也就是構成小腿部位的主要兩根骨頭之間的縫隙一勾，讓對方在半空中失去平衡。然後在對方落地的同時，我順勢踹下腳跟。就在踩碎他頭骨的瞬間，我已經把短槍的握把末端刺向後方進行牽制。

這時從側面飛來一發魔法子彈……

「《加速（acceleratio）》！」

於是我用魔法加速並跳躍、閃避。

跳過大墓碑，在半空中宛如撐竿跳選手般扭轉身體……

「《落下（cadere）》《蜘蛛網（araneum）》！」

將從背後逼近的幾個對手纏住，並且變換自己的位置防止被敵人包圍。

【哦？面對上百名好歹稱得上是英雄的對手，居然能有如此表現。】

不死神感到佩服似地小聲呢喃。但其實我只不過是按照自己的所學在戰鬥而已。

如果今天出現的上百名不死族全都像那三人一樣是擁有知性的最高等不死族，那我就沒戲唱了。但幸好不死神即便身為神明，也似乎沒辦法即時量產那種高等不死族的樣子。

這些不死族戰士們的確各個有如英雄般劍法犀利嚇人，但多半都有身體部位或裝備缺損，而且跟布拉德比起來動作整整慢了兩級。

至於那些不死族魔法師就幾乎可以說是不足一提，畢竟在施展魔法上他們知性太低了。又是詠唱浪費時間的大魔法，又是射擊準度不足，對於徹底增強過體能、可以高速移動的我來說，只需要擔心被對手僥倖擊中而已。

我只要按照古斯的教導，以拘束與妨礙魔法為主力依序對敵人集團施予行動限制，讓戰況發展為一對一的局面，就能靠布拉德訓練出來的戰技一一擊破。

……即便如此，狀況還是極為惡劣。

問題並不在於我能否擊敗上百的敵人，而是我擊敗上百的敵人後有沒有辦法和不死神戰鬥。

打這種像百人連番陣一樣的戰鬥，體力再多都不夠用。

一旦呼吸變得急促，口頭詠唱魔法的失敗率就會提高。出招也會因為疲勞而變得遲鈍。

如果可以用《噬盡者(Over Eater)》吸收生命力，或許我就能毫不疲累地持續戰鬥了。但不幸的是，我現在的對手全都是沒有生命的不死族。

這下該怎麼辦？

就在我又擊碎一具敵人並如此思考的時候……

【……等等。】

不死族們頓時停止了動作。

不死神把手放在下巴，「唔」地小聲呢喃。

【我本來想說是收服那三英傑的同時順便而已……但你實在超乎我的預料。你叫什麼名字？】

祂說著對我露出笑臉。

「……威爾。」

我慎重回應對方。本來想說讓對手輕忽大意會比較好的，沒想到祂似乎反而提高了對我的評價。正當我考慮到對方可能會更不留情地打垮我的時候……

【這樣啊，威爾……我就重新再問一次，你要不要加入我的陣營？】

這樣一句話竟然竄入我的耳朵。

【我很中意你。無論是出類拔萃的戰鬥能力，或是隻身一人向我挑戰的精神，都在在教人喜歡。我就讓你成為我不死軍團的將領之一吧。】

「祢在說什……」

【等等，別急著反抗。我想你恐怕是有什麼誤解。包含那三人，也包含你在內，對於願意將一切奉獻給我的人，我並不會有所虧待喔？】

……這句話讓我感到有點意外。畢竟從布拉德與瑪利那樣做出覺悟的樣子看起來，以及從「靈魂被不死的惡神囚困」這樣的形容聽起來，我一直都對這件事抱有負面悽慘的印象。

【只要你選擇與我同行，我就把教人厭惡的死亡從你身上去除掉。然後乘著亡靈們的船，渡過大海來到我的國度，等著你的將是不病不老的樂土。】

也不理會因為意外地展開而感到驚訝的我，不死神繼續朗朗說著。

【偶爾在我的一聲令下，會與善良神明陣營的軍團交鋒。你將面對棘手的強敵，與古代的英雄、聖者以及賢者們並肩疾馳沙場。】

不死神訴說理想的語調毫無猶豫或間斷，帶有使人認為或許真是如此的力量。

【戰事結束後便來舉辦宴會，盡情狂歡、享受、互道武勇事蹟，然後為下一次的戰鬥做準備。你應該也知道，只要是靈魂堅強的不死族就能擁有喜樂感情的事情吧？】

這點我知道。和那三人的生活讓我很清楚這件事。

【威爾，你將能夠與養育你長大的親人們長久和睦地一起生活下去，不需要面對別離或哀傷。而當吾等稱霸這個次元之後，這樣的生活便會成為永恆——】

這就是我的目的。不死神如此說道。

【在這個世界有太多的悲劇了。死亡並不是什麼美麗的東西，而是伴隨多數人難以想像的痛苦與恐怖。只要你愛上一個人，得到的回報必定是那所愛之人承受的痛苦以及死亡帶來的別離。擁有力量的英雄或高潔的聖者正因為其力量，正因為其高潔而受人厭惡，遭人殺害。】

——不死神斯塔古內特是個曾經隸屬於善良陣營，卻因為無法忍受看到生死悲劇而走上不同之路的神明。

——祂的期望是將所有優秀的靈魂都化為不死，創造出永遠停滯而沒有悲劇的世界。

我想起瑪利說過的話。她的確是這樣說的。

【這未免太不合理了吧？這個世界有太多的悲劇……而我就是想要顛覆它，創造出不需要受到死亡威脅，能夠永遠溫柔的世界。】

不死神的話語中甚至流露出慈悲。祂這些話大概並非謊言。

「…………」

如果那樣的世界真的能夠實現。真的，能夠實現的話……

【來，威爾。就像那些人一樣，與我締結契約吧。】

不死神不知從何處拿出了一個杯子與一把短劍。沒有光澤的銀杯，以及樸素的短劍。

然而，我可以感受到它們帶有強大的神威。

不死神舉著杯子，在自己的手腕上輕輕劃了一劍。祂黑色的血液緩緩流入杯中。

【……喝下我的血吧。如此一來，你就能擺脫死亡了。】

不死神將杯子舉向我面前。

大概只要我喝下那杯血，就能成為不死族吧。

我點點頭，將短槍放到地面上。然後晃著身子，邁步走向杯子——

冷不防地砍斷了不死神的手腕。

【————〜〜〜！】

從《噬盡者》(Over Eater)的黑刀上伸出宛如紅色棘蔓的東西，纏住不死神的傷口。

頓時有一股力量從我握著劍的右手傳來。疲勞當場消除，細微的傷口立刻癒合，全身湧現活力……『只要切砍對手就能恢復生命力』原來是這麼一回事。就在我如此理解的同時，受過訓練的肉體已經揮出下一劍。抓準對手一時動搖的機會，我瞄準的不是脖子，而是標的比較大的身軀。

【嗚、喔……！】

砍到了。直接命中。

我能贏！就在我如此確信，並準備從對方的側腹往頸部補上致命一劍的瞬間……

「……！」

我的重心腳忽然被某種驚人的力量拉扯，當場摔倒。

衝擊。以及不死神逃離眼前的氣息。

我將視線轉過去，發現一條滿身是血的蛇纏在我的腳上。

那條蛇——是從跟著不死神的手掌一起掉落到地面的杯子中爬出來的。

糟糕！沒想到對方的手下居然會藏在這樣的地方……！

【咕、嗚……賢者也好，你這小子也好，真的是……不能輕忽大意的傢伙

們……】

不死神的聲音傳來。

蛇發揮從那細長的身體難以想像的驚人力道緊緊纏繞我的腳。

縱向裂開、不帶感情的瞳孔注視著我。從蛇的利牙上——滴下不死神的血液。

蛇這時「咻！」地叫了一聲。不死神痛苦呻吟的同時回應：

【無所謂……咬下去！】

隨著祂這句話，蛇當場撲向我的頸部。

我情急之下舉起來阻擋的手臂被蛇纏上——從護具間的縫隙處傳來尖銳的痛覺。

即使我想把牠甩開，蛇牙依然緊緊咬在我的手臂上。

……利牙上沾有能使人化為不死族的神血，刺進我的手臂。

一股異常的寒意從傷口處以驚人的速度傳遍全身。

我的身體開始變得僵硬，想要掙扎也無法自由動彈。

視野漸漸模糊，意識漸漸朦朧。

平衡感變得奇怪，地面感覺扭曲搖晃。

「啊……」

我不禁倒下身子。

在飄忽不定的視野中，我模模糊糊地看到不死族們紛紛把武器舉向我的畫面。

我在地面上亂抓、掙扎。

……不能、這樣。

可是，我無法動彈。

怎麼也沒辦法動。

……明明我、必須、保護大家、的……

視野緩緩變暗。我的意識落入了漆黑之中。

◆

回過神時，我發現自己在一片磷光飄舞的星空下。

「……？」

環顧四周後，我注意到一件事。

我的手莫名輕飄飄的，像古斯的靈體一樣……或者說，這根本就是靈體了。

也就是說，我死了嗎？因為接受了不死神的血，卻引發排斥反應之類的……

「…………」

話說回來，總覺得這地方讓我好懷念。

好像以前也來過這裡的樣子……

這麼一想，我才發現。我腳下有如黑暗的水面，映照出頭上的星空。而在那水面上還有映出一盞模糊的燈光。

在我背後。

於是我轉回頭，看到一個人影手中握著像長柄提燈的燈火。那人身穿長袍，頭罩蓋過眼睛。而我現在已經知道那是誰了。

「……好久不見了，燈火之神大人。」

我微微低頭鞠躬。不知不覺間，我**回想起來**了。以前我的確在這片星空下走過，在這位燈火之神的引導下。

【…………】

對方是個寡言的神明。

印象中以前對方也是只顧著在前方帶路，一句話也沒對我說過。不過我記得對方的腳步。那彷彿在擔心我沒跟上而不斷確認的腳步，充滿對我的關心與慈愛。

「…………」

就在這時，我不經意發現。

飄浮在黑暗中的並不是星星，而是世界。

包含好幾個宇宙，無數的恆星，以及更大量行星的世界，就像巨大天球儀上的星星般，緩緩移動著。

從肉體的枷鎖解脫而擴大的知覺，讓我能夠捕捉到那一切。

偶爾會互相靠近的世界之間飄舞出微微發光的粉，接著被吸入到另一邊的世界中。

那光芒十分微弱，我卻莫名不會感到虛渺，反而有種強而有力的感覺。

「那是……？」

【——靈魂的流轉。為了不使一切停滯，甚至能跨越世界。】

對方回答了，但我不知為何並沒有感到驚訝。

總有一種對方現在會回答我的預感。

「這樣啊……原來靈魂就是像這樣流轉來流轉去的。」

我抬頭仰望著星空，又看到光粉從一個世界飄出來。

輕飄飄，卻強而有力。一閃一閃地飛向另一個世界。

宛如星空般的無數世界，以及在其中生死並互相穿梭的無數靈魂。

就好像心臟的脈動。

反反覆覆，一閃又一閃地流動。

連綿不絕地編織出生命。

真是美麗到教人心頭一緊的光景。

「……為什麼我會遺忘了這景象呢？」

【…………………】

神明這次什麼也沒有回答我。也沒有走到前方引導我。只是始終站在那裡。

【……我問你。】

「是。」

【你為什麼要拒絕不死神的邀請？】

神的提問非常現實，不禁讓人感到意外。

我還以為祂會問我更抽象而概念性的問題。

「就算祢問我為什麼……我想想。」

我稍微思考了一下。

用這種講法真的好嗎？是不是稍微再整理一下比較……不，事到如今也沒必要在意了。

「我上輩子不是一直躲在房間裡嗎？大概是什麼事情做失敗了，受到打擊了，結果遲遲無法重新振作——過得相當頹廢的生活。不過也因此，讓我稍微明白了一件事。」

神並沒有說話，示意我繼續講下去。

「原來《活著》和《沒死》之間，其實差異很大啊。」

上輩子的我在生命機能還持續的時候，毫無疑問並沒有死。

然而如果被問到那是否算活著，我也不禁會疑惑歪頭。

「上輩子的我只是沒死而已。卻沒有勇氣做任何事情，甚至覺得自己必須再渾渾噩噩活好幾十年，心中感到非常沉重。」

我如今依然覺得當時那狀況可說是一種地獄。被關在死胡同中無法動彈，卻必須活好幾十年的時間，比一般的物理性疼痛還要教人難受。

「……就是因為我還多多少少保有一點當時的記憶，所以才下定決心，在這個世界一定要好好《活》下去。」

年幼時立下的誓言。

即使到了現在依然是我——威爾的立足點。

「上輩子的我是對死亡感到無所謂而沒有活著，因為沒有活著所以也不畏懼死亡。」

雖然因為我不想受痛，所以並沒有積極尋死。但如果有什麼簡便又安全確實地讓人如沉睡般死去的手段，上輩子的我或許會感到很高興吧。

對當時的我來說，死亡就是那點程度的事情，活著也就是那點程度的事情。

「如果貶低了一方的價值，就會同時貶低另一方的價值。」

古斯剛開始教我魔法的時候就說過。

創造出大地，就自然會形成天空。做了好東西，壞東西也會隨之而來。

那麼反過來講也是一樣。

如果沒有天空就不會有大地。沒有壞東西的話好東西也不會存在。

那樣等於是全部混在一起，變成平坦的「虛無」了。因此……

「既然決定要好好活，我認為就應該要好好死。即便那是多痛苦、多難受的事情也一樣……要不然，我又會退回當時那房間了。」

不死神的邀請簡單來講就是這麼一回事。否定死亡，讓我永遠活下去的提議，就跟要我永遠躲在那房間裡的提議是一樣的。

「無論有多少的附加價值，我都無法接受。」

我聳聳肩膀，笑了一下。

「我希望自己能身為那三人的家族，好好活下去，然後好好死。」

【…………】

燈火之神默默點頭。看來我回答了祂的提問。

「……話說回來。呃，請問我死了嗎？」

【還沒死。】

「還活著嗎？」

【勉強算是。】

看來我的狀況相當糟糕的樣子。大概是假死狀態吧。

所以我才會闖進這個靈魂流轉、宛如多元世界天球儀似的場所啊。

「那請問祢可以想辦法讓我回去嗎？」

【回去了又如何……只要你留在這裡，就能如你所願地死去了。】

我明白祂想說什麼……唉呀，我想必贏不過對手吧。

在不死化的神血流遍全身的狀態下，面對恐怕已經完全對我提高警戒的不死神，我不認為自己有辦法再做些什麼。

到頭來，我還是我。無論怎麼努力，都無法像故事中的英雄那樣帥氣。

最後也只有難看地倒在地上被殺的份吧。

那究竟是多痛苦、多難受的事情，我一點都不敢想像。

最壞的狀況下，我搞不好會化為不死族，會永遠被關進生也不是、死也不是的牢籠中。

但是。

即便如此——

「人至少也會想保護自己的家族吧。」

我依然逞強地露出僵硬的耍帥笑臉。

就算再怎麼難看，就算變得滿身泥濘……我也希望這次至少可以守護自己的家人。

等我醒過來後，或許會降臨什麼奇蹟，讓我能夠與敵人同歸於盡也說不定。

就算沒辦法做到那樣，至少也削弱對方的力量，或許那三人就能想出什麼妙計。

那樣一來，我多多少少就能保護到我的家人。

「……我曾下定過決心，總有一天要回報他們的恩情。」

如果沒能做到這點，將會比無法死去更讓我不願、後悔而難受。

所以說，神啊，請讓我回去吧。

「我懇求祢。」

我很自然地跪下身子。

低下自己的頭。

【……………】

神沉默了好一段時間。

而我則是一直向祂低著頭。

【……布拉德與瑪利之子，威廉。穿梭世界的靈魂。】

「是。」

【汝可確實理解了生命的重量？】

「是。」

【即便如此，依然有接受死亡的覺悟？】

「是。」

【汝可確實理解了死亡的絕望？】

「是。」

【即便如此，依然能愛一切終將消逝的生命？】

「是。」

我低著頭，回答提問。

「……是的，拜祢的恩惠所賜，讓我總算明白了這點。」

【…………】

正因為在這樣特殊的場所，我多多少少明白了。

轉世的靈魂會遺忘前世的記憶。我也曾遺忘了這個場所。

那是為了讓靈魂不會受前世影響，能夠確立全新的自我並活下去的必要措施。

因此我之所以能模模糊糊稍微記得前世的事情……大概要多虧眼前這神明對我當時滿是後悔與自責的可憐靈魂給予的慈悲吧。

「……感謝祢。掌管生命流轉，慈悲無比的燈火之神。」

雖然我不清楚能傳達多少心意。

不過我由衷感謝。

感謝祢賜予我機會。感謝祢讓我成為布拉德與瑪利的孩子，成為古斯的孫子。

再怎麼感謝，也感謝不盡。

【你的心意，我確實感受到了……抬起頭吧，人之子民。】

我聽從指示抬頭，頓時睜大眼睛。

【威廉啊。】

我跪著身子，抬頭仰望的視線……看到身分不明的燈火之神在斗篷頭罩底下……是一張溫和的黑髮少女臉蛋。

【只要汝毋忘那份覺悟，汝便擁有資格。】

少女——葛雷斯菲爾原本沒有表情的臉上，對我露出了微笑。

祂白皙的手伸到我眼前。

【來，起身吧。立下誓言，與吾同行。】

我握住祂的手。

【直至汝結束此生，再度回到吾引導之下為止……】

就在我準備站起身子的同時，意識忽然模糊起來。

【——就讓吾成為汝之守護神吧。】

◆

意識依然朦朧之中，我睜開了眼睛。

我仰天倒在地上，眼前看到的是一片雲層覆蓋的夜空。

一條蛇咬在我的手臂上。從護腕的縫隙間，不死的神血流入我的體內。手臂好痛。好痛。好痛。好燙。

化為不死族的英雄們包圍著我。十圈，二十圈，毫不大意地朝我舉著武器。

在包圍網之外，不死神笑著。確信自己的勝利般笑著。

「……………」

不管怎麼想，我都束手無策了。

被將了軍，即將結束的狀況。可是……

撲通。我感受到心臟的脈動。

還在跳。我的心臟還在跳著。

沒問題。既然這樣，就沒問題。

胸口中湧起一股有如岩漿般炙熱的東西，隨著脈動傳遍全身。

我讓感覺變得遲鈍的雙手緩緩交握。

瑪利有教過，在這個世界就是這樣禱告的。

「……掌管生命流轉的女神，葛雷斯菲爾。」

全新的力量就像清爽吹過的風一般在我體內流動。

至於該如何運用，從一開始我就很自然地知道了。

「懇請祢與我同行吧。」

我選擇了自己的守護神，立下誓言。

今天是冬至，是小孩子成長獨立的可喜之日。

——是獲得神明保佑的日子。

【祝禱術？】

察覺異常的不死神頓時扭曲表情。

不是驚訝，而是對白費力氣的抵抗表現的嘲笑。

【哈！就算你能使用祝禱又能如何？靠那種半吊子的術法，就想對抗我已經注入你體內的血嗎？】

轟。從我的手臂噴出白色的火焰。

一點也不燙。我甚至有種體內不淨的某種存在漸漸被燒滅的感覺。

沒問題。我可以辦到。

【……居然是、聖痕(stigma)？】

以前我發現瑪利禱告時留下的勳章。手臂上的燙傷痕跡。這是被神的火焰燒過的手臂。

【仔細瞧瞧，你這身體……究竟食用過多少的聖餐！】

瑪利即便身為不死族，也依然為了我每天向地母神瑪蒂爾祈求糧食。

她那日復一日的禱告，那堅強不屈的心，完全出乎了不死神的預料。

「而我願向神立誓。」

——人家常說強力的誓言雖然比較能獲得保佑，但代價就是容易被捲入苦難的命運之中。

我回想起布拉德說過的話。

逞強揚起嘴角，擠出笑臉。

苦難的命運。儘管來吧。

只要現在能讓我擊敗不死神。

……那點代價根本不算什麼！

「就讓我把自己的生涯都奉獻給祢！

成為祢的劍討伐邪惡，成為祢的手拯救不幸！」

我立下自己所能想到最強力的誓言。

耳邊似乎聽到燈火之神依舊沉默寡言地輕輕笑了一下的聲音。

「……對流轉女神葛雷斯菲爾的燈火立誓！」

在我身邊頓時象徵似地燃起一盞火。朦朧、溫暖又柔和的光芒。

……不只是引導死後的靈魂而已。

燈火之神想必無時無刻都照耀著一切擁有靈魂的存在，直至其死亡的那一瞬間。

即便始終沒有被察覺，依然毫不倦怠，毫不厭煩。

帶著靜靜的仁愛與慈悲。

【……竟然獲得了葛雷斯菲爾的保佑嗎？】

不死神皺起眉頭。

【可惜，太可惜了……本來是無論如何都要讓你加入我方陣營的，但既然你被那傢伙拉攏，那也不得已了。】

對方散發出一股殺氣。

……祂至今對我的想法都只是『讓你的心屈服，然後拉攏過來』的程度而已。

然而從此刻開始，祂也認真起來，打算要把我殺掉。

雖然我一直希望避免，但終究還是踏上了互相廝殺的擂台。我不得不踏了上去。

不過……不過我已經沒有會輸的感覺了！

「不死神斯塔古內特！我要打倒祢，履行我的誓言！」

【年輕的英雄……你就抱著沒能貫徹意志的遺憾凋零吧！】

吼叫聲互相交錯，最後的戰鬥開始了。

◆

【殺了他！】

首先發動攻勢的是不死神。

在祂一聲令下，化為不死族的英雄們紛紛朝我揮劍。

從四面八方襲來的利刃可說是名副其實的鋼鐵色圍牆。

我無處可逃，也無從突破。

……因此我將體內深處湧出來的力量順勢朝全方位釋放。

以我為中心的空間微微蕩漾後，無色透明的清淨波動往四周散開。

「————……！」

無聲的叫喊響遍墓園。

不是苦痛。而是對安詳與解放的歡呼。

骸骨們紛紛化為塵粉，鋼鐵圍牆如砂土般崩塌。古老的武器護具接連落下，發出陣陣響亮的聲音。我即使沒將視線望過去也能感知到，在我頭頂上空燃起一盞燈火，輕飄飄地飛向天上消失了。

我記得以前聽說過——葛雷斯菲爾的特有祝禱術是**給予死者的靈魂安寧與引導**。

《神聖燈火引導》的祝禱。

因為擔任貴重治療師的祝禱術使用者到前線直接與不死族對峙的好處太少，所以這術法並不太受到注目。然而在這樣的狀況下，可說是極為強大。

……不死神再度集結游移的靈魂，準備喚醒墓園中沉睡的屍骨。

而我則是再度向燈火之神禱告。

無色透明的波動散開，讓周圍一帶所有徘徊的靈魂都在安寧之中踏上旅途，通往眾神之地。

【區區一個新任神官，竟能做到如此！】

或許是那速度、那規模超出預料的緣故，不死神大罵了一聲。

的確，以神官來說我只是個新手。

但我很清楚禱告的方法。畢竟我一直都看著瑪利，以她為範本，每天都在禱告。

我不可能到如今還對禱告抱有疑惑。

「《加速》！」

我憨直地朝對手直衝。不選擇什麼拐彎抹角的策略。

【嗚……！】

在至今為止的攻防中，我知道了不死神並不太擅長劍術和體術。

要不然再怎麼輕忽大意，也不可能連續被我砍中兩劍才對。

我不玩弄什麼小手段，只顧不斷逼近距離。

只要能衝到對手眼前就贏了。我這次就靠魔劍連擊，不給予對手反擊的機會就消滅掉！

【《破壞(vas)》……】

聽到詠唱，讓我頓時不寒而慄。

於是我在急加速中硬是往地面一蹬，忍著腳部疼痛往側面跳開。

【《顯現(lare)》！】

是《破壞的話語》。威力比古斯使用的還要強勁，地面當場爆開。雖然我避開了直擊，但噴湧的沙土與颳掃的衝擊餘波還是讓我在地上不斷打滾。

不死神是在連祂自己也會受波及的位置，朝地面施展破壞魔法的。

沒錯，我早就應該知道這件事。

神的《木靈(Echo)》**除了極其強大的魔法或魔劍以外是無法傷害的**。

換言之，祂們不需要按照平常人使用魔法時的定則，不需要害怕魔法的餘波。

反正就算被自己的魔法波及到也不會怎麼樣。

……我這下明白不死神不精通劍術或體術的理由了。畢竟既然能夠在近距離使用如此凶暴的魔法，根本就沒有揮劍舞拳的必要。

要是被對手衝到眼前，只要全部用魔法轟開就好。

而不死神之前都沒有那麼做的理由只有一個……是因為祂想要讓我屈服，把我拉攏過去。是基於對方想法的因素罷了。

「嗚！」

真不愧是隱藏魔王。

真不愧是神的《木靈(Echo)》。

不是我稍微對新的能力覺醒就能輕易獲勝的對手。

但我依舊沒有會輸的感覺。

只不過是對手的魔法運用方式比較不一樣罷了。既然明白了這點，總會有辦法對應。

我無論如何都要在這裡打倒祂。立下這樣的決心，用《傷口癒合(close wounds)》的祝禱把細微的傷口補起來的同時，我彈起身子。

四周都是粉碎飛揚的土石，呈現一片沙塵煙霧。

「…………」

……對手會從哪裡來？

在視線被塵土遮蔽的狀況下，貿然行動只會讓自己露出破綻。

我透過把觸覺往皮膚外延伸的感覺探測瑪那的流向。要是發現大量流動——也就是大範圍攻擊的預兆——我就必須立刻從原地跳開才行。

相對地，只要對方敢貿然行動，我就能一口氣衝過去給予致命的一擊。

在緊張之中，時間分秒過去……

「…………！」

我腦中忽然閃過某種不祥的預感。

是守護神葛雷斯菲爾對我現在的行動做出警告的啟示。

我一時間感到困惑。

不死神和我在戰鬥。祂很明顯為了殺掉我而變得相當衝動魯莽。

形勢不相上下，只要繼續打下去……

不對。

呃，該不會。

要是……對方其實**並沒有變得衝動魯莽**呢？

「糟了……！」

神殿！

是神殿，快點！

「《加速(acceleratio)》！」

快跑。

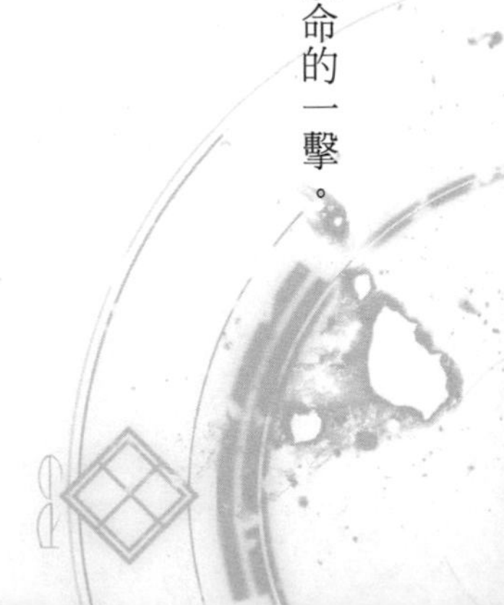

快跑快跑快跑。

我使出全力衝上山丘。

不死神的那些言行，**全部都是欺敵之術！**

祂假裝驚訝，假裝衝動，假裝感到焦躁，讓我以為祂全神貫注在與我的戰鬥中！接著揚起塵土讓戰況陷入膠著……

「可惡！」

目的是把變成了麻煩對手的我丟置在戰場上。

「……該死！」

而那傢伙的目標，是瑪利和布拉德啊！

◆

我不斷地跑，不斷地跑。

一次又一次地詠唱加速的《話語》。在遍地枯草的山丘上、冰冷刺骨的寒風中，全力衝刺。

我以為自己已經明白，但其實根本不明白。

對方是活過的歲月漫長到讓人無法想像的神。是不屬於這個現世的存在。是超越了人類尺度的東西。

對於那樣的存在，我以為自己能夠想像，卻沒能完全想像。

如果要相信不死神的發言，或許我對祂來說是多少值得注意與警戒的對象。

然而那對於不死神斯塔古內特而言，並不一定是現在重要的問題。

等十年、二十年後，我面臨危機時；三十年、四十年後，我對當下的自己產生疑惑時；五十年、六十年後，體認到衰老的痛苦時。

到時候祂再現身，看是要排除我或是促使我改變心意就行。

即便殺掉了《木靈（Echo）》，人類也無法對位於次元遠方的神明本體做什麼事。超越人類尺度的不死神多得是機會可以出手。

相較於那種事情，對不死神來說現在的問題在於布拉德、瑪利與古斯。

既然我獲得了燈火之神的祝禱，我就能讓那三人**歸返輪迴之中**。不死神看上眼，而且已經收攏到一半的英雄們將會因此被奪走。

但是如果想把我殺掉，以祂現在已經被古斯毀掉另一半的分身來說，能力上並不保險。

恐怕不死神是極為冷靜地考慮過風險與回報之後……

故意在我面前扮演小丑的。

表現得誇張做作，就像英雄故事中的鄙俗敵人般時而驚訝時而憤怒，讓我一時忘了對方可能繞過自己直衝後方的風險。

——這不就是我一開始打算使用的手段嗎！

我本來試圖讓不死神把注意力放到自己身上而遺忘那三人，最後卻是不死神讓我自己忘掉了那三人。

要是沒有燈火之神一瞬間對我的警告，就徹底結束了。

真是可怕，真是不可大意的對手。

「…………！」

讓我趕上。拜託，讓我趕上啊……！

我一邊祈禱一邊奔跑。

總算衝上山丘後，我看到神殿正面的門敞開著。

「瑪利！布拉德！」

神殿深處。

不死神就在那裡。

面向滿身瘡痍的瑪利與布拉德，正準備伸出祂的手。

大概是因為嘗試抵抗的關係，古斯被黑色的霧氣釘在牆角，挺身擋在瑪利面前的布拉德也早已倒下。

「……啊。」

看到那畫面，我知道了。

不得不知道了。

這個距離，這個時機……我絕對趕不上。

無論瑪利、布拉德或古斯，都不是能夠對應的狀態。

……我頓時臉色蒼白。

沒想到。怎麼會。都已經拚到這一步了說。

還藉助了神的力量。

總算讓戰局變得不相上下了……

卻因為我一時不注意，被那種像詐欺的手法蒙騙。

居然就這樣、結束了……

就在下個瞬間，祂的手忽然被彈開。

得意洋洋的不死神將手伸向布拉德頭骨的畫面，在我眼中看起來莫名緩慢——

【哈哈哈……！】

「……咦？」

不是我做的。

也不是古斯，不是布拉德，更不是瑪利。

把不死神的手彈開的，是一名身穿柔軟衣裳的女性。

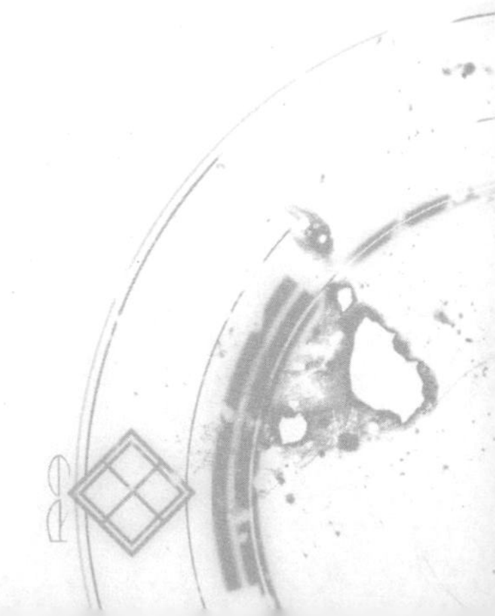

彷彿在保護瑪利與布拉德似的，擋在他們面前。

那長相，我沒見過。明明應該沒見過才對。

可是我卻有種確實認識這個人物的感覺……

「啊……」

瑪利用力睜大她空洞的雙眼。

「啊、啊啊……」

她的聲音不斷顫抖。

本來不可能會流出來的淚水，居然從瑪利的眼角溢出。

那女性的身影彷彿是什麼幻覺似的，很快又溶入夜風中，緩緩消失。

對瑪利露出一臉慈藹的笑容，就像要緊緊擁抱她一樣。

光是這樣就足夠了。想說的話已經全部傳達了。

……瑪利其實打從一開始就被原諒了。那女性根本就沒有憎恨過瑪利。

只是因為瑪利沒有祈求過原諒，不希望自己受到天真對待。

所以那女性才會選擇靜觀，選擇如瑪利所願地不斷斥責。

然而卻始終沒有剝奪過對瑪利的保佑。整整兩百年來都一樣。

直到瑪利願意原諒自己的那一天。

……當深深仰慕自己的女兒遭遇危機的時候，天下有哪個母親不會出面保護？

那女性，瑪利一直以來仰慕的神明——地母神瑪蒂爾，是個偉大的女神。

終於明白一切的瑪利當場嚎啕大哭。

本來確信到手的勝利竟然撲空，讓不死神呆站在原地。

——對地母神伸出的援手懷抱感謝的同時……

面對這天降的大好機會，我和布拉德立刻做出行動。

◆

「燈火之神葛雷斯菲爾啊！請賜予安息，給予引導吧！」

我當機立斷使用了祝禱術。

瞄準的目標是**瑪利和布拉德**。

【什……！】

不死神頓時睜大眼睛，明顯感到錯愕。

祂萬萬沒預料到我居然會朝自己應該保護的對象施放術法吧。

我施放的是《神聖燈火引導（divine torch）》，將靈魂引導向輪迴之中、無色透明的清淨波動。

【呿！輪迴停滯，引導迷惘！】

看出我目的的不死神立刻放出性質相反的不淨波動，將之抵銷。

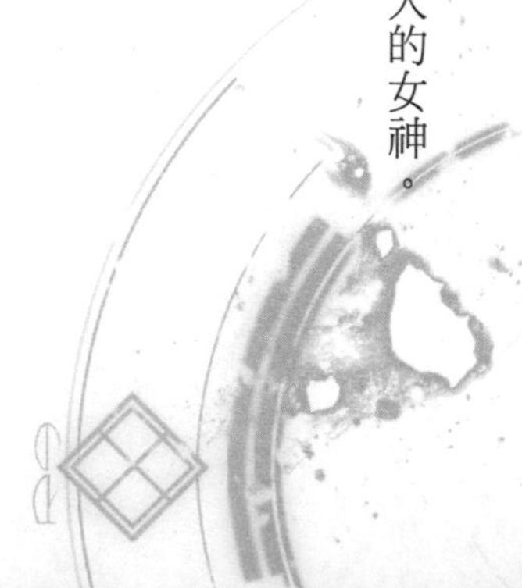

並且彷彿在保護瑪利與布拉德似地擋在他們前方。

……雖然這畫面很奇怪，不過正是因為我把目標放在瑪利與布拉德身上，不死神才不得不挺身保護他們的。要是我剛才選擇朝不死神攻擊，祂恐怕會仗勢神體分身的耐受力不理會我的攻擊，直接去捕捉那兩人的靈魂吧。

雖說降臨需要耗費時間和勞力，但對於不死神而言，《木靈(Echo)》是用完就可以丟掉的存在。如果以消滅為代價能確保那兩人的靈魂，對祂來說是不吃虧的。

然而如果我是朝布拉德與瑪利施放《神聖燈火引導(divine torch)》就要另當別論。因為那兩人絕對不會抵抗，於是從不死神手中逃脫，歸返輪迴。

這樣一來對於不死神來說，祂特地讓分身降臨到這個次元的目的本身就會消失，完全是白忙一場了。

為了避免那樣的下場，只要我把祝禱術的目標放在瑪利與布拉德身上，不死神就不得不保護那兩人，形成這樣奇怪的狀況。

諷刺的是，不死神現在的狀況就跟面臨反派角色攻擊時站出來保護人民的正義使者一樣。祂除了挺身保衛，不讓一丁點的術法餘波穿過自己之外，沒有其他的選擇。

而就在不死神為了完全抵消我的術法而移開注意力的時候……

「喝……！」

滿身瘡痍的布拉德擠出剩餘的力氣，揮下他愛用的那把雙手劍。

即使不到《噬盡者(Over Eater)》的等級，布拉德使用的武器想當然也是足以和他的劍技匹配的魔劍，不可小看。

不死神情急之下閃避攻擊所花不到一秒的時間……

已經足夠讓我衝進神殿內了！

「《加速(acceleratio)》！」

【嗚、《破壞(vas)》……】

不死神準備詠唱《破壞的話語》。

「《沉默吧(tacere)》，《嘴巴(os)》！」

祂的嘴巴卻被強迫沉默了一瞬間。

是古斯。依然被霧氣釘在牆角的他，露出一臉得意的笑容。

古斯現在能夠施展的力量肯定很有限，不過他卻在最佳的時機進行了最棒的妨礙行動。

——真正重要的是如何巧妙地、精密地施展小魔法。

我回想起以前他教過我的這句話。比起《存在抹消的話語》那種大魔法，剛才這《沉默的話語》才是更符合古斯風格的痛快一擊啊。

一步。兩步。三步。左右兩側的牆壁如箭矢般飛快流向後方。

我就像一顆子彈瞬間縮短與對手的距離——

「喝啊啊啊——！」

衝擊的手感傳來。

《噬盡者》(Over Eater)深深刺進了不死神的胸口。

【咳啊……！】

我把劍拔出來，再次砍下。

不斷地砍。不斷地砍。

雖然不死神也有嘗試閃避或防禦，但這種距離下對我根本沒用。

【可、惡……可惡啊……！】

砍，再砍，繼續砍。

從魔劍伸出紅色的荊棘，不斷折磨不死神全身。

【……威爾。瑪利與布拉德之子，葛雷斯菲爾的使徒，威爾！】

不死神充滿憎恨的混濁雙眼直瞪向我。

不是之前靠演技的憎恨或殺氣，是真正的恨意，真正的殺氣。

【你的名字我記住了！只要你一日不向我投降，你就一夜不得安息！】

這下我完全被祂盯上了。不過……

「……神明大人，你這句臺詞簡直就像三流的反派角色喔？」

我只冷淡對祂丟下這句話。

然後從燈火之神引出我所能使用最大極限的淨化之力，朝全身被紅色荊棘纏繞的不死神釋放。

——恐怖的不死神《木靈（Echo）》總算緩緩消滅了。

要是我害怕被盯上，打從一開始就不會想挑戰神明的。

「對葛雷斯菲爾的燈火立誓……」

我將魔劍的劍尖舉向準備消滅的不死神。

「我不會成為祢的東西。我要好好地活，然後好好地死。」

這是我對不死神的敵對宣告，也是對祂漸漸消失的分身贈予的餞別。

不死神的《木靈（Echo）》帶著憎恨瞪向我，化為塵粉消逝。

……而我直到最後都目不轉睛地注視著祂。

◆

不死神的《木靈（Echo）》消滅了。

但我還是戒備了一下，以防還有第三具分身或是有其他敵人之類的展開。

最後總算確信獲勝時，湧上我心頭的不是歡喜，而是讓我全身虛脫的安心感。

我癱坐在被戰鬥破壞得亂七八糟的神殿地板上，深深嘆一口氣。

真是強敵。毫無疑問的強敵。

不可思議地，我並沒有感到類似「我贏啦！」的成就感。

或許是因為不管怎麼想，這次的勝利多半是基於我個人以外的因素。

布拉德給我的高等魔劍——《噬盡者(Over Eater)》的存在。古斯擊敗了對手當成隱藏王牌的另一具《木靈(Echo)》分身。燈火之神成為我的守護神，給予我保佑。然後瑪利的守護神——地母神瑪蒂爾在關鍵時刻幫忙爭取時間。

更進一步說，還有那三人至今教導我的劍術、魔法和禱告等技術，以及比起那些戰鬥能力更重要的，身為一個人的核心。

就是這些因素累積起來，我這次才勉強能擊退敵人的。其實我萬一喪命了也一點都不奇怪，而且只要缺少一項要素就根本沒有勝算了。

這一切都要多虧神的保佑，更重要的是多虧那三人的存在。

我實在是很受惠於周遭啊。就在我深深體認著這份幸運時，我忽然被人緊緊抱住。

「威爾……威爾，你沒事真是太好了……！」

燃燒檀香般的溫柔氣味將我全身包覆。

「……威爾，你做得好。」

都是骨頭，一點也不柔軟的手粗魯地搔著我的頭髮。

「哼，即使沒有血緣關係，你好歹也是瑪利和布拉德的孩子，辦到這點程度的事情是理所當然的。」

還是老樣子很不坦率的語氣。

「瑪利，布拉德，古斯……！」

聽到那三人的聲音，讓我不禁滲出淚水，心頭顫動。這才總算湧起一股成就感。

沒錯，我並不是希望自己像故事中的英雄那樣擊敗強敵。

我只是希望保護自己重視的家人。我只是不希望自己裹足不前。

就只是抱著那樣的願望，拚上性命戰鬥。

「嗯，辦到了……我辦到了……」

保護下來了。

我有起身奮鬥，沒有縮在一旁。

那三人都在我眼前……我保護了他們。

「太好了……太好了……」

各種感情噴湧上來，塞滿我胸口。淚水滴滴答答地溢出眼眶。

「大家都沒事，太好了……」

我反過來抱住瑪利。

看向布拉德與古斯。

他們笑著。大家都在笑。於是我也被感染，哭著笑了起來。

「好！那就當作是順便重新慶祝威爾成年，來場慶功宴吧！」

布拉德很有精神地揮轉拳頭。

「好主意呢。改天再來收拾善後也行。」

「唔，那老夫就拿出珍藏兩百年的矮人族烈酒吧。」

「烈酒！古斯老頭，你居然還藏了那種東西！」

「畢竟那種酒給小鬼頭喝也太浪費啦！」

「矮人族烈酒？那好喝嗎？」

「嗯，美味到如果老夫有實體也想喝的程度！」

「那有什麼關係，就假裝在喝嘛。今天可是要好好慶祝一番！」

「對啊對啊，古斯也一起喝嘛！」

「威爾……你要注意不可以喝太多喔？要是又做出像以前那樣的事，我這次可不會輕易原諒囉？」

「呃、是！」

「妳一臉嚴肅睜大眼睛的樣子超～恐怖的啊……」

「呵呵，比不上布拉德的臉可怕啦。」

「哈哈，這點老夫也認同。」

「古斯老頭，那你說的烈酒在哪裡……」

就在我們這樣說說笑笑，準備移動場地的時候——

瑪利和布拉德忽然跪倒在地。

◆

我一瞬間搞不清楚究竟發生了什麼事。

「瑪、利？布拉德？」

連我都覺得自己發出的聲音莫名不合狀況。

「呃～……果然不行啊。」

「看來真的不行呢。」

他們兩人不斷嘗試起身，但或許是腳無法動彈的關係，最後只好放棄，坐在地上。

「這也是沒辦法的事呢。失去了執著，拒絕把靈魂出賣給不死神，又信仰善良神明，卻還希望自己繼續身為不死族。這怎麼講都不通嘛。」

「唉呀，這麼說也對啦……雖然老實講，我是希望可以稍微網開一面，至少等我

們辦完慶功宴就是了。」

「葛雷斯菲爾已經算非常關照我們了。正常來講就算我們立刻消失也不奇怪呀。」

我無法理解他們在說什麼。

我一點也不想理解。

「呃~威爾……我和瑪利就到此為止啦。」

「你、你在跟我開玩笑吧？」

無法接受狀況的我，反射性地說出這樣一句話。

「你、你們兩個在捉弄我對吧？」

我的聲音顫抖起來。

「難得要好好慶祝的說，也太過分了吧，真是的……」

「威爾……你那樣聰明，應該已經明白了吧？」

然而……

我腦中某個角落其實早就理解事情會變成這樣。

被他們這樣說，這樣注視，讓我無法逃避下去。

「……你們忽然、跟我講那種話。我還希望你們跟我說這是在整人，好好笑一場啊。」

拒絕的心情緩緩萎縮。

深深嘆一口氣後，剩下的只有夾帶死心的空虛與寂寞。

「抱歉啦。」

「對不起……」

瑪利和布拉德或許也抱著和我一樣的心情。

「……沒有辦法了嗎？」

「沒有。就算有，也不可以做。」

瑪利對我搖搖頭。

「你不是也說過嗎？這就叫『好好地活，然後好好地死』啊。」

雖然途中稍微迷惘了兩百年左右，不過應該勉強可以算是繞個小路的範圍吧。

「再說，父母本來就會比小孩早過世。這是符合自然的、大地的道理。」

瑪利如此說道。真是符合地母神神官的一句話。

布拉德開玩笑地說著。

「嗯，也對。妳說得沒錯。」

這才是本來該有的狀況。我想燈火之神肯定也會講同樣的話吧。

然而……

「……我還是想說一句、本來不該講的話。」

然而……

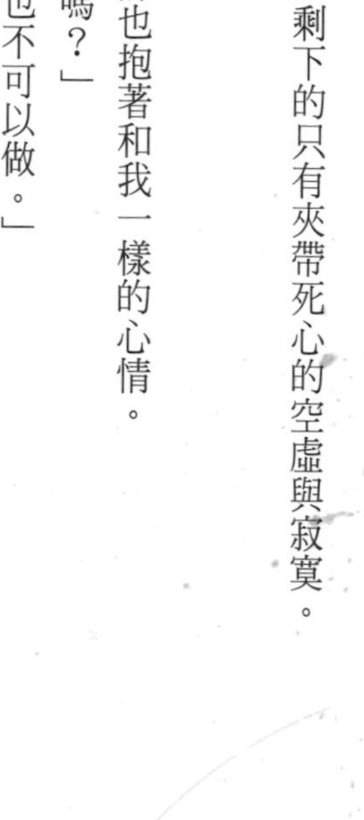

「即便如此，我還是不想看到瑪利和布拉德過世的樣子。」

◆

我不要。我絕對不要。我不想看。

我不想看到瑪利和布拉德過世的樣子。

這是無論身為父母性命即將告終的小孩也好，身為掌管輪迴與靈魂之神的神官也好，都不可以講的一句話。甚至違背自己耍帥向不死神講過的話。

然而，我還是忍不住想說。

「等我哪天回到這裡時，我想要再見到瑪利和布拉德。我想要和布拉德有時輸有時贏地比賽，想要互相講些蠢話。我想要和瑪利一起做家事，想要被妳誇獎我進步了。總有一天我想要讓你們看看我的孩子、我的孫子，我想要你們也像教我一樣教那些孩子們各種東西。」

那就是我的夢想。是我在心中某個角落早就明白不會實現的天真夢想。

「可是你們居然現在就要消失。太過分了。我不要。我無法承受啊！要是你們兩個不在了，我今後該怎麼活下去才好……！」

我的聲音不斷發抖。

淚水源源不絕地流出。

「你們不要走……我不要這樣……就算使詐也好，拜託你們留下來啊……」

連我都覺得自己這表現很沒出息。

又哭又叫，又耍任性，簡直像個小孩子。

可是，就算這樣，我還是想告訴他們。

「……瑪利。」

「嗯。」

看到我這樣子，瑪利和布拉德互看一眼，點點頭。

然後兩人各自握起拳頭，捶向我腦袋。

不會痛。只是像輕輕敲了一下而已。

「不行。你少在那邊耍任性。」

「布拉德說得沒錯，你要聽話呀。」

他們用溫柔的話語斥責我。

「嗚……」

於是我再也無法忍耐湧上心頭的感情了。

「嗚、嗚哇啊啊啊啊啊……！」

淚水溢出眼眶。

表情扭曲，視野被淚水弄得模模糊糊。不斷地、不斷地哽咽。

我究竟有多久沒這樣哭過了。

湧上心頭的感情難以言喻。

「哈哈哈，好久沒做這樣像個父親的事情啦。」

「畢竟威爾真的是個乖巧的孩子呀。」

他們兩人相視而笑。

「……聽我說，威爾。我們也很想為了你什麼事都做，但那樣是不行的。」

布拉德轉向我，對我說著。

「你說我們死了之後你該怎麼活下去才好……即使你這樣想，不知不覺你還是活得下去啦。一個人就算覺得『已經活不下去啦！』什麼的，其實只要吃飯睡覺意外就不會死，也會找到其他重要的依靠啊。」

他將我一把拉過去，從我還是個嬰兒時以來、久違地抱住了我。一如預想，根本感受不到什麼溫暖，堅硬的骨頭縫隙間不斷透風。

然後就跟我還是小孩子時一樣，粗魯地摸著我的頭。

那一點都不舒服的觸感，讓我又不禁溢出淚水。

「你出去外面之後，要結交一堆兄弟，拐兩、三個漂亮姊姊，好好享受啊。」

「布拉德，不要教威爾那種不老實的事情……威爾，在戀愛和結婚的事情上一定要老實喔！」

真是的。瑪利有點像在說教似地如此說著。

然後……又接著說道：

「威爾，你向燈火之神立下了強烈的誓言，又辦到了殺害神明的成就。這是英雄般的事蹟。你今後的命運想必會波瀾動盪。」

正襟危坐的瑪利對我說的話，宛如轉述天啟的神官般充滿莊嚴。

「或許會遇上吃虧的事情，或許會遭遇不合理的折磨。可能被受你拯救的對象背叛，行過的善事被人遺忘，失去自己辛苦建立的東西，最後只剩下眾多的敵人。」

不過那莊嚴的氣氛很快又變得柔和。

她接著把我拉過去，緊緊擁抱。

「即便如此，你還是要好好愛人，好好行善。不要害怕吃虧，要去創造而非破壞，要寬恕他人，要對絕望的人給予希望，要對悲傷的人給予歡喜。然後要保護弱小免受各種暴虐侵害……就好像你為了我們挑戰不死之神一樣。」

大概是因為明白這將是最後的擁抱。

「威爾。威廉……我的孩子。我和布拉德可愛的孩子。」

瑪利抱著我的手不斷發抖。

而我的手也在顫抖。

「……願勇氣的精靈與善良之神的保佑常與你同在。」

忽然間，不是因為淚水的關係，我卻看到瑪利的臉模模糊糊地重疊。

或許是靈體即將分離的緣故吧。

茂密的金髮，眼角微微下垂的碧綠色眼睛，苗條纖細的姿態。

……是我母親端莊而溫柔的模樣。

「聽好了。你要相信結果，勇往直前。一個人只要下定決心，什麼事情都能開始……你有時候就是會考慮太多，但可別因為想過頭而裹足不前啊。」

布拉德的身影也模糊地重疊了。

如獅子般的一頭紅髮，像個戰士的銳利眼神，徹底鍛鍊過的健壯肉體。

……是我父親野性而豪放的模樣。

兩人的身影以及給予我的話，我都深深刻在心中，絕對不會忘記。

因為那就像神的燈火一樣，肯定會照亮我人生的路。

我們默默相望了一段時間後……忽然「咳」地傳來有人清喉嚨的聲音。

於是我轉頭一看，發現古斯不知從哪裡拿來感覺很昂貴的一瓶烈酒以及四個杯子浮在半空中。

見到他孤零零呆站在那裡的樣子，我們莫名覺得有趣而大笑起來。

接著我們四個人一起享用了那瓶烈酒。

第一次四人交杯喝的酒，有著灼燒喉嚨的強烈酒精以及芳醇的香氣，讓我印象深刻。

——當晚，我的雙親在神聖燈火的引導之下，歸返輪迴了。

終章

一陣清爽的微風吹過。

清晨時分的山丘麓下，在晨霧中微微顯得模糊。沿著廣大的湖岸邊，有一座石造建築的都市。給人感覺就像中古世紀的城市，有高高的塔，也能看到美麗的拱門接連而成、類似高架渠的建築物。

……全部都是古老破舊的廢墟。

隨處可以發現建築物的屋頂坍陷，外牆的灰泥斑駁不堪。街道的石板縫隙間雜草叢生，綠藤與青苔到處攀爬、附著在屋子上。過去想必曾有人居住的城鎮，如今在一片青綠中宛如沉睡般慢慢腐朽。

緩緩升起的朝陽溫柔地照耀這一切。

……我在俯視這座都市的山丘上立了瑪利與布拉德的墳墓。

因為能夠將湖泊與化為廢墟的都市都盡收眼底的這座神殿山丘上，充滿了許許多多的回憶。

所以我決定把墳墓立在這裡。

「…………」

總有一天，我希望能再回到這裡。

雖然已經見不到瑪利和布拉德了。雖然我知道他們已經歸返輪迴了。

但我希望至少可以在他們的墳前報告。

希望像我曾經夢想的那樣，把朋友、家人介紹給他們認識。希望告訴他們自己的孩子有好好在過活，讓他們可以安心。希望自己能成為那樣的大人，回到這裡。

「……所以現在暫時告別囉。」

我交握雙手，沉默禱告。向兩座墓碑報告：我要出發了。

「報告完了嗎？」

「嗯。」

我點點頭。

「……話說。」

然後，或許講這種話不太應該啦，可是……

「為什麼古斯沒死啊？」

「太過分了。居然希望來日不多的老人家快快死掉……這個鬼孫子！」

「誰是鬼孫子啦！真讓我難過……我只是想說古斯死掉之後，你積蓄下來的財寶都能歸我而已嘛！」

「鬼孫子！鬼孫子自己承認了——！」

稍微一點玩鬧。

過去因為種種因素造成隔閡，我好久沒有像這樣跟古斯開玩笑了。

「呵呵呵，我只是想要讓那些無處可花的金錢得以發揮功用而已啊。好不好嘛，爺爺～？」

我故意帶著滿滿的諷刺如此說道後……

「唔，這麼說也對。那你就拿去吧。」

「欸……？」

忽然變回一臉認真的古斯把好幾個袋子塞到我手上。

於是我確認了一下袋中。

……在朝陽照耀下，大量的金幣銀幣閃閃發亮。另外還有許多寶石、戒指、手環、鈕釦、胸針、別針、斗篷釦、金絲銀線織成的裝飾繩與裝飾帶。

「…………」

哇，好壯觀的財產……

「這是什麼啊——！」

我驚訝得差點把它們掉落到地上，又趕緊抓住。

「什麼叫這是什麼？就是老夫的財產啊。老夫不計利息借給你，你可要好好增加財富啊。」

增加財富的方法老夫都教過你了吧？古斯如此說著，咧嘴一笑。

「呃、可是、這、這個……」

「積著不用的錢就跟死了沒兩樣。老夫不喜歡都不流通的錢。你不是也說過了？

要『好好地活，然後好好地死』啊。」

金錢也是一樣。古斯聳聳肩膀說道。

「你要好好活用它們，讓它們流通，別淤積在一處，直到它們卸下大任的那一天。」

這或許就是古斯個人的講究理念吧。

「畢竟老夫已經無法看到那些情景啦……」

「古斯……」

因此我對古斯深深鞠躬，收下了這些金銀財寶。

在心中做好別離的覺悟。這就是古斯能夠給予我最後的……

「唉呀，雖然老夫還有十年不會死就是了。」

……啥？

「呃、不、你想想喔？還有《上王》的封印要守護不是嗎？」

要是被惡魔什麼的解放出來可就糟糕啦。古斯如此說著。

「所以昨晚老夫就和賜予你啟示的神明稍微交涉了一下。到十年後不死神恢復狀況為止，祂允許老夫繼續在這座都市徘徊啦。」

我的嘴巴就像魚一樣不斷張張合合。

這、這個人到底在幹什麼啊……？話說葛雷斯菲爾大人也在搞什麼啊！呃，雖然我明白這麼做是必要的啦！

「而老夫似乎姑且變成葛雷斯菲爾的《使者》了。」

仔細一看，古斯身上不淨的氣息的確變淡了，甚至散發出像神聖之靈的感覺。

……可是，既然這樣……

「至於那兩人，似乎並不期望如此。」

彷彿看穿我想法似的，古斯又接著說道。

「要是再多給十年的時間，就會起慾念，會留戀不捨。既然都多給了十年，那就再十年，又再十年，至少陪伴到你過世為止……他們就是知道自己會這樣想，所以決定離開。」

他們雖然走得好像很乾脆瀟灑，但其實內心跟你一樣又哭又叫啊。古斯這麼說道。

「…………」

聽他這麼一講，我無話可說。

……那兩人直到最後都沒有使詐。即便知道有方法可行也一樣。

「像這種會起慾念的立場，讓這老頭子一人擔當就夠了。」

古斯說著，聳聳肩膀。

確實，古斯應該可以做得很好吧，能夠悠然地完成封印守護者的任務。

然後等十年期限到來的時候，他肯定會一句怨言也不說就瀟灑離世的。

……古斯爺爺一直都是很搖滾的人物。

「那等十年之後……封印要怎麼辦？」

「葛雷斯菲爾是說，到那之前你要想辦法。」

……神啊，全部丟給我也太過分了吧。

「外面的社會似乎對葛雷斯菲爾的信仰有些荒廢的樣子。光是這次對咱們的介入，據說就耗費了祂不少力量。」

「咦？」

「所以燈火之神的未來也要靠你努力啦。」

我都還沒出發，各種有形無形的重擔就越來越多了。

這、這就是所謂苦難的命運嗎……！

「不管怎麼說，你今後想必會需要用錢，就全部拿去吧。」

「嗯，總覺得我好像有很多事情必須做的樣子，我就心懷感激地收下了……」

於是我把金銀財寶收到身上各處，重新整理行囊。

厚實的衣褲、皮手套配上耐穿的靴子。容量又大、口袋又多的背袋與腰包。另外多帶一雙換穿用的鞋子。還有毛毯啦、手提鍋啦、保存糧食與水袋。作業用的短刀與小斧，攜帶式毛筆與羊皮紙，繩索和換穿衣物，露營用的厚帆布。

再零碎一點的小東西還有可以當甦醒藥的少量烈酒，針線與大大小小的布料，小塊的岩鹽也很重要。

鎧甲則是借用了不死神之戰中一名英雄屍骸身上裝備的《真銀(mithril)》鎖子甲。要說這玩意哪裡好，就是它非常輕。明明很耐砍，卻幾乎沒有穿著鎧甲的感覺。

鎖子甲的外面多套一件衣服，然後再套上一條附頭套的斗篷，用古斯給的斗篷釦夾起來。頭套的布料中間縫有寫了《守護話語》的護符，在某種程度上可以保護我的頭部。

畢竟我被不死神盯上了，行李準備上就必須兼顧重量與裝備強度。如果有能夠無限裝道具的袋子該有多方便啊……我不禁回想起上輩子玩過的電腦遊戲。

不過既然沒有那麼好用的玩意，就只能自己多下點功夫了。

另外武器就是短槍《朧月(Pale Moon)》、單手劍《噬盡者(Over Eater)》以及一塊圓盾。《朧月(Pale Moon)》的槍尖根部綁上古斯給的裝飾繩，稍微弄得漂亮一點。這東西雖然等級比不上《噬盡者(Over Eater)》，但畢竟是我第一個戰利品，使用起來又方便，讓我很喜歡。

倒是在不死神之戰中表現活躍的《噬盡者(Over Eater)》，雖然很過意不去，但我用舊布和握把布將它包起來了……就像布拉德所說，這玩意不但等級太高，效果又太凶惡，是讓人想拔又不敢拔出來的危險物品。實在不是平常拿來當主要武器使用的東西，頂多是當隱藏王牌。

至於圓盾，我雖然有猶豫過要不要帶，但它畢竟過去為我立下不少功勞，一想到沒有它在手上的狀況就很恐怖。盾牌這種東西雖然不起眼，然而有和沒有就差很多了。為了方便攜帶，我姑且有綁上帶子好背在身上，不過重量負擔還是不小。

……這些旅行裝備，是從以前就慢慢準備好的。

我記得瑪利和布拉德兩人也幫了我不少忙。

「…………」

「喏，威爾啊。」

正當我重新整理行囊順便做最終確認，並回想起那兩人的事情而變得有點感傷的時候，古斯忽然對我說道：

「你到了外面的世界，應該至少需要有個姓氏可以報。『威廉』這名字是那兩人給你取的，那麼姓氏的部分就讓老夫為你取一個，你覺得如何？」

「咦……真難得古斯會講這種話。嗯，好啊。」

反正我也沒什麼拒絕的理由。

就當作是古斯給我最後的餞別，接受他的好意吧。

「那麼，就仿照一些精靈族與半身人部族的習俗好了。」

咦？精靈族與半身人？為什麼特地那樣……

「那些部族的人會將父母的名字串起來當成自己的姓氏。」

古斯表情嚴肅地如此告訴我。

「瑪利布拉德……你今後就叫『威廉・瑪利布拉德』。」

聽他這麼一說。

我在口中反覆唸了一下。

瑪利布拉德。

威廉・瑪利布拉德……簡直就像為我量身訂做似地順口。

「你就帶著那兩人的名字去旅行吧。老夫已經充分享受過放浪生活了。」

今後換成你們一家三口好好享受吧。

被稱為《徬徨賢者（Wandering Sage）》的老人如此說著，對我聳聳肩膀。

「嗯，謝謝……這姓氏我很中意喔。」

行李的最終確認也結束了。

於是我綁起腰包把劍掛好，背起背袋與盾牌，再拿起短槍。

雖然我自認體力不差，但畢竟這行李分量不算少，感覺還是相當重。

「……好，那你要多保重喔。我會再回來。」

「嗯。」

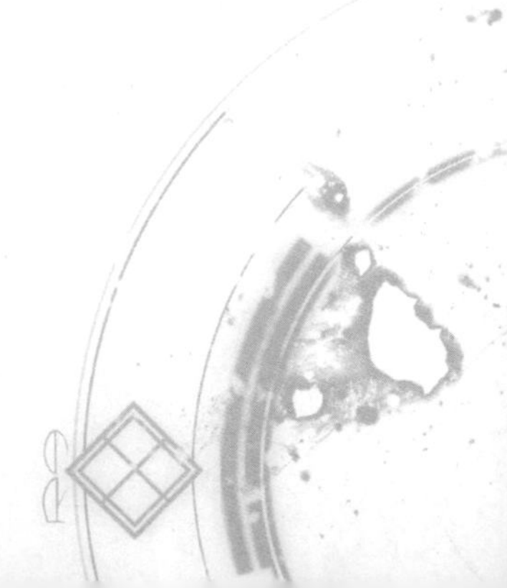

我向古斯很乾脆地道別後，走下山丘——又轉回頭……

「還有，我會在中間名加個G字的！」

對古斯揮手大叫後，揚起嘴角。

「蠢貨！老夫名字的第一個字母是A啊，你上課到底學了些什麼東西！」

古斯的笑聲傳來。

「可是古斯就叫古斯嘛！『奧古斯塔斯爺爺』什麼的未免太難叫了吧！」

我也笑著回應，如此大叫。

「哼，真是拿你這孫子沒轍……那就再會啦，威廉・G・瑪利布拉德！」

「再見，古斯！總有一天絕對會再見面的！」

我們互相揮手。

然後我望向前方，頭也不回地邁進。

從都市旁的湖泊延伸出去的河川沿岸，可以看到古老的街道遺跡。

就先沿著這條一路往北的街道走向下游吧。

——在燦爛的晨光照耀中，我往外面的世界踏出了步伐。

〈世界盡頭的聖騎士　死者之街的少年　完〉

番外篇：夢想的積木

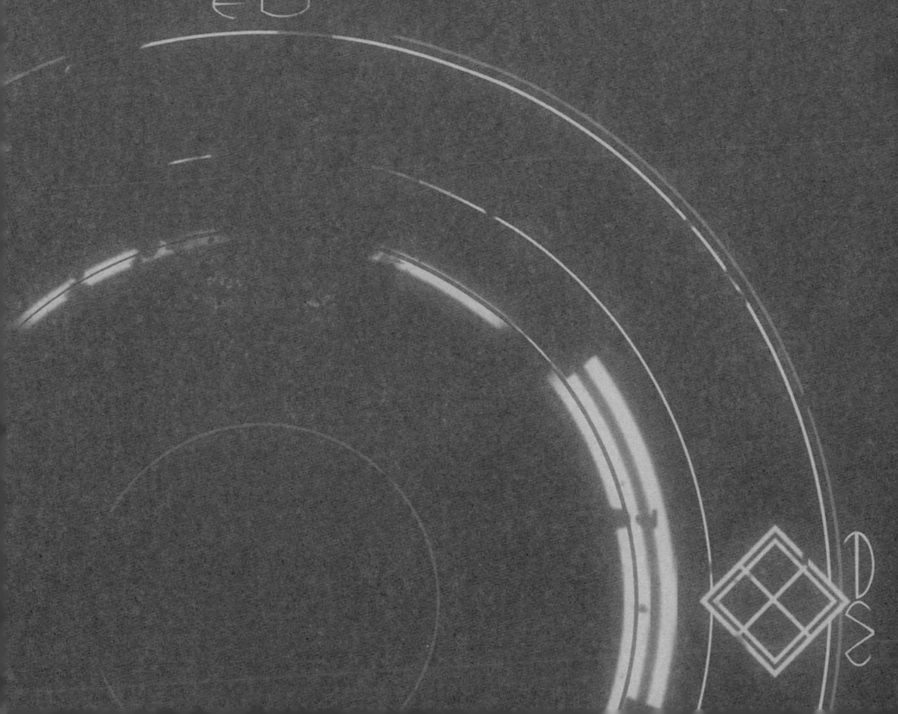

滿月之夜。要塞中到處瀰漫死亡的氣味。

有人類的屍骸。有的被斬殺，有的被刺殺，或者被咬死，或者被揍死的大量屍體。鮮血、臟器與汙泥沾滿全身，空虛的眼眸已經映不出誰的身影。

有惡魔的屍骸。有的外觀看似模仿人類，有的則彷彿是人與獸交雜出來的奇怪存在。同樣或者被斬殺，或者被刺殺。

人類與惡魔的屍體互相糾纏、堆疊，散落各處。

是雙方交戰的結果。有的失去手腳，有的眼珠被挖出，有的肚腸外流。甚至也有彼此的武器砍入對方要害，同歸於盡的人與惡魔。

在這樣象徵「悽慘」一詞的要塞內，有兩個人影在中庭對峙著。

其中一人是男性，紅髮的巨漢。身穿厚實的魔獸皮甲，肉體鍛鍊得健壯魁梧，蓬鬆的頭髮宛如獅子，眼神銳利無比。他名叫布拉德，是個戰士。

「…………」

男子默默舉著一把雙手巨劍。劍身又長又大，厚重而鋒利。

與布拉德相對的，則是另一個巨大的影子。

不知該如何形容是好。

很巨大，非常巨大。而且厚實。

頭部像棲息於峽谷的野生黑山羊，有著巨大的犄角，細長的臉型。然而雙眼卻不似山羊，而是如爬蟲類般有著細長的瞳孔。眼神中雖然不帶感情，但確實可以感受出野獸所沒有的知性。

把視線從山羊頭往下移，便能看到其身體近似人類。

表面覆蓋黑色短毛、肌肉粗壯的手臂。厚實的胸膛與分成六塊的腹肌。結實的大腿以下卻又是山羊的關節構造與蹄足。

那身影就像是把人類與山羊隨便混雜在一起，教人毛骨悚然的誇飾畫。手中握著外型像柴刀又像切肉刀、厚而巨大的半月刀。

比身材魁梧的布拉德又更巨大一圈、兩圈的惡魔。如果按照博物學的分類方式，名叫巴弗滅。

「──嘿，要塞大將，現在心情可好？」

布拉德開口搭話，但巴弗滅不予回應，只是舉起半月刀。

因為他看出了眼前這個雄性人類並非等閒之輩。

「戰士在交手之前應該要互報名號，順便聊個一兩句話啊。」

惡魔就是這樣不解風雅。布拉德說著聳聳肩膀。

大概是將此視為良機，巴弗滅猛然踏出一步，從正面揮下半月刀。

──下個瞬間，巴弗滅的頭顱飛了出去。

是布拉德發揮比巴弗滅快上一倍的速度踏出步伐，將對手的頭砍斷了。雖然畫面看起來像是布拉德衝向巴弗滅的刀前，不過他將自己的劍插入對手的刀路並往旁邊架開的關係，絲毫沒有受傷。

巴弗滅失去了頭部的身體當場跪下，癱倒在地。

只憑隻身單劍挑戰惡魔大將，且一招便分出勝負。可見布拉德的劍術實力不凡。

「……惡魔真的是有夠不解風雅的。」

布拉德再度聳聳肩膀。

「居然會被你嫌不解風雅，那惡魔也太沒面子了。」

一道清脆的聲音忽然傳來。與血腥氣味瀰漫的戰場顯得格格不入。

現身的是一名將茂密的金髮綁在頭上的女性。以白色和草綠色為基礎的神官服上綁了一條劍帶，手中握有一把單手劍與一塊小盾牌，身上一些部位還穿有皮革鎧甲的樣子稍嫌不太適合本人……然而動作舉止有模有樣，想必有一定程度的武術功力。

此人名叫瑪利。

她瞇起美麗的翠綠色眼眸，對布拉德微微一笑。

「你聽過什麼叫半斤八兩？」

「太過分了，我可是個風流瀟灑的男人啊。」

「風流？整天只要喝酒吃肉打打架就滿足的你，竟有臉說自己風流？」

「很風流吧？」

「簡直是走在流行的最前端呢。不過是反方向的前端。」

「走在最前端的我！超帥氣啊！」

「…………」

「拜託妳講些什麼啦。」

兩人的對話帶著親暱與玩笑。

就在這時，南邊的天空忽然一閃，接著傳來轟聲與震動。

布拉德吹了一聲口哨。

「……古斯老頭他們成功啦。」

「看來是那樣呢。」

瑪利點頭回應。

「這邊也算是攻下了這座要塞，老頭他們不用擔心撤退的問題啦。」

「雖說要塞規模不大卻也只靠自己一個人就攻陷了，你這個人真的很誇張。」

「別誇獎我啦，我會害臊。」

「我才沒有誇獎你……總之，我簡單辦個葬禮阻止他們化為不死族吧。」

畢竟我同行就是為了這個目的。瑪利如此說完，便朝著四周的死者開始禱告。

「地母神瑪蒂爾，以及流轉之神葛雷斯菲爾……」

為了不讓死者的靈魂受到不死神蔓延世界的保佑，徘徊於現世。

看著瑪利在這樣教人鼻酸的情景中依然挺直身體用心禱告的模樣，布拉德不禁瞇起眼睛——接著苦笑一下，閉上雙眼。

「……呼，這樣就沒問題了。」

「哦，辛苦啦。」

「不過——」

瑪利的表情不太開心。

「就算斷了大峽谷的橋梁，又能撐多久呢？」

「繞路，靠大魔法變動地形……或是《上王》單獨乘坐飛行生物移動後，直接在當地生產軍隊。」

唉呀，了不起撐個幾天吧。布拉德聳聳肩膀說道。

「…………」

「果然不把那個《上王》討伐掉就一點辦法都沒有啊。」

「……古斯似乎有想到什麼計畫的樣子喔？」

「不過那肯定也是一條不歸路吧。」

對瑪利充滿憂愁的一句話，布拉德點頭回應後——

「所以妳別跟來。」

「講得還真突然呢。」

聽到布拉德交抱著雙手警告，瑪利一臉無奈地如此說道。

「不是我在自誇，但我可是很重要的戰力喔？」

「我知道，但妳還是別跟來。看到妳喪命會讓人很難受。」

大概是想像到那個情境的關係，紅髮巨漢皺起眉頭。

「……再附加一句『因為我愛妳』之類的話如何？可以逗人開心喔，尤其是我。」

金髮神官則是慈藹地望著對方那表情，用調侃似的語氣如此說道。

「那種會起雞皮疙瘩的臺詞誰講得出口啦。」

「真是拿你這個人沒辦法。」

瑪利瞇起翠綠色的眼眸，露出苦笑。

「如果我說我不服從，你又要怎麼辦？」

「不惜打昏妳我也要把妳送回後方。」

布拉德說出口的聲音聽起來堅硬而冰冷。

可以感受到他堅定的決心。

「……這件事我可是有得到古斯老頭的許可。」

「原來如此，看來我怎麼抵抗也是沒用的。」

面對那樣的布拉德，瑪利不禁聳聳肩膀。

「那當然。妳的實力雖然不差，但再怎樣也比不上天下無雙的布拉德大人啊。」

「是呀。」

兩人之間的關係並不淺薄。

這點程度的事情，雙方都心知肚明。

「……那麼這樣如何呢？」

「？」

瑪利緩緩豎起食指與中指……

「——要是你把我丟下來，我就當場自盡。」

把兩指喻為短刀抵在自己的脖子上，並且對布拉德露出無比燦爛的笑容。

布拉德的表情頓時僵住。

瑪利那笑臉不是在開玩笑，她是認真的。

「妳、妳在說什……」

「沒聽清楚嗎？我說如果不能和你在一起，我就當場自盡。」

瑪利保持著笑容靠近布拉德，抬頭望向他的臉。

「——你願意帶我一起去吧？」

用笑臉微微歪頭詢問的模樣，甚至讓人感到可愛。

看到那樣子，布拉德的表情僵硬到不行。

「妳、妳太奸詐了吧……」

「女人本來就是很奸詐的，布拉德……你或許是最強的男人沒錯，但男人永遠都是敵不過女人的喔。」

聽到這句話，布拉德當場仰天抱怨了一句「真的太過分啦」。

「這個頑固的傢伙。可惡，居然讓我釣到一個這麼難對付的女人。」

「唉呦，明明什麼都還沒做就把我當你的女人了？」

「男人就是這樣的東西啦。」

布拉德嘆了一口氣。

「我說，瑪利。」

「什麼事？」

面對再次歪頭詢問的瑪利，布拉德用自己粗獷的手握起她優美的手指。

然後用堅定的視線盯著瑪利翠綠色的眼眸……

「如果能活著回來，我們就找個平靜的地方結婚吧。」

「……呵呵，我很樂意。」

「找個視野遼闊的山丘，在上面建個樸素的房子。」

「聽起來不錯呢。微風吹起來應該會很舒服……」

另外再種個菜園之類的。瑪利笑著如此說道。

「如果生了孩子，就請古斯老頭來當家庭教師。」

「呵呵，如果是古斯爺爺，應該嘴上抱怨一堆最後還是會答應吧。」

這兩人心中都很清楚，將自己的生命燃燒殆盡的時刻已經近在眼前了。

「然後……如果生下來的是男孩子，我就教他武術！配上古斯老頭教的魔法，讓他成為比我還要厲害的超強男人！怎樣！」

「……總覺得會培養出一個又強又聰明卻很糟糕的人，好恐怖。」

「太過分了吧！」

「所以我必須教他一些比較細節的地方才行呢。」

他們自己比任何人都明白，根本沒有活著回來的希望。

——因此，這些都只是夢想。

「不過，他肯定會是個很可愛的孩子。」

「……是啊。」

明知無法實現，卻還是不禁把深切的期望、幻想的幸福、閃耀的情境、溫馨的畫面，在心中默默堆疊。

就好像小時候帶著天真無邪的笑臉將積木堆疊成城堡一樣。

——那樣微不足道的小小夢想。

「對了，名字要取什麼呢？」

「男生的名字我已經想好啦。」

「……總不會是什麼奇怪的名字吧？」

「太失禮啦。很久以前我有聽古斯老頭講過有關各種名字的由來。」

「然後在裡面有讓你中意的名字？」

「沒錯。既然生為我們的孩子，最好要意志堅定。」

布拉德咧嘴一笑。

「——所以我們的孩子就叫《意志之盔》(william)。」

怎樣？面對如此詢問的布拉德，瑪利也用微笑回應。

「真是個好名字……我也很喜歡呢。」

威爾。威廉。我的孩子。

瑪利小聲呢喃。布拉德則是牽起她的手，邁出步伐。

兩人並肩同行，朝向死亡與破滅。

丟下甜美而虛幻的夢想積木。

——誰都還不知道。

在他們經歷死亡、破滅與漫長的歲月之後。

從那溫柔夢想的閃耀殘骸中，將發出小小的新生哭啼。

——在這時候，誰都還不知道。

〈終〉

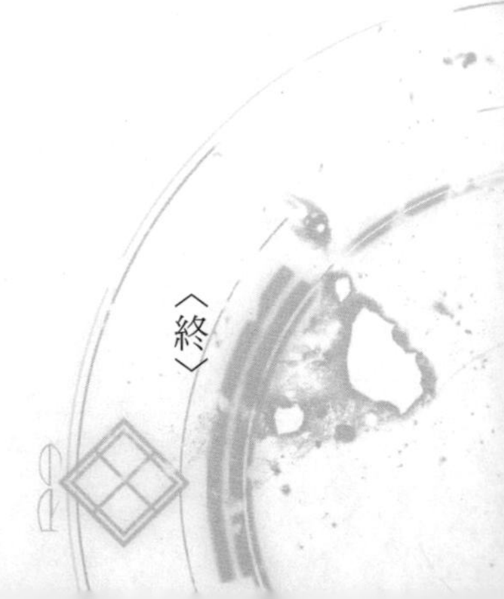

後記

初次見面，我是柳野かなた。

雖然尚有改進的空間，不過這是我盡力撰寫出來的第一部作品。

希望您讀得愉快。

這部《世界盡頭的聖騎士》的原案是在本書出版前一年左右，也就是去年四月下旬想出來的。

剛好就是在那段時期，我飽受無聊與空虛的折磨。

不論讀書還是打電動都無法熱衷，可是卻又沒有其他想做的事情。

我記得那時的自己過得相當空洞。

就在那樣倦怠而缺乏活力的日子中，有個人物讓我感到非常耀眼。

他是和我同樣在玩ＴＲＰＧ的友人之一，幾個月前下定了決心挑戰輕小說的新人獎，也就是立志要成為小說家。

所謂的ＴＲＰＧ是一種遵循規則創造人物，透過丟骰子進行判定，加上類似即興劇場的演出，由許多人交織出一部故事的桌上型遊戲。

在性質上那是相當類似創作的遊戲，因此在TRPG愛好者中會立志成為小說家的人並不算稀奇。

如果把過去曾經立志過的人也算進去，其人數想必非常多。

……但也正因為如此，我心裡相當清楚。

懷抱成為小說家的夢想開始撰寫故事的人們最後的結局。

能夠為一本書籍分量的文字予以起承轉合，好好將一篇故事寫完的人究竟有多少？

就算寫完了，有趣程度能夠比擬商業小說的作品又有多少？

我自己本身也在很久以前曾經有過想寫點小說而敲打鍵盤，卻很快因為想不出點子而沒幾天就放棄的經驗。

所以真要老實講的話，我當時認為那名朋友也是一樣的。

啊啊，看來他也感染到這個圈子的人多半都會罹患一次的痲疹啦。我心中比較壞心眼的部分是這樣呢喃的。

要不就是最後寫不出來，要不就是寫出來了也不怎麼有趣。結局大概就是這樣吧。

而他如果拿來給我試閱，我就客套跟他笑一笑，稍微誇獎一下吧。

長年來的經驗讓我當時抱著這樣的預想。

……然而，我徹底錯了。

自從決定要挑戰輕小說新人獎之後，我那朋友一天又一天地寫下了大量的文章。轉眼間他就寫出了一本文庫小說的分量，投稿之後又緊接著開始著手下一篇故事。

他的作品不僅字句清楚，而且內容即便有些異於常態但富有主題性而有趣，就連身為外行人的我讀過也會不禁讚嘆：「這文章和別人就是不一樣啊。」

那朋友不只是懷抱夢想而已，也擁有實現夢想的能力。

我當初的判斷完全錯誤，我根本是有眼不識泰山。

——而我記得這件事情讓當時的我感到莫名開心。

我那朋友在新人獎比賽中不斷往上晉級。

最後得到幾乎可以入圍最終選拔的成績而開心向我報告的朋友，對當時生活空虛而個性扭曲的我來說，看起來非常耀眼而尊貴。

帶有一種讓我也想要像他一樣，試著朝夢想努力看看的力量。

……因此我也決定嘗試寫小說了。

我想寫的東西，是從網路小說中被稱為「轉世作品」類型的作品群得出靈感的故事。

是描寫在廢墟城鎮中被幾名不死族養育的一名少年的故事。

我莫名認為以一個外行人想到的點子來說，這樣的故事算不錯了。

……然而，其中也有非常明顯的問題。

畢竟故事的登場人物就只有鬼怪、神明和擔任主角的男孩子而已。

就算是我也知道，現在這時代要講到輕小說，至少也需要一、兩名充滿魅力的女主角登場才行。

因此我一開始是當作練習。首先要讓自己不會輕易放棄，能寫出個十萬字為目標，而決定在我最喜歡的作品所刊登的投稿網站『成為小說家吧』投稿看看。

只是當成習作，只是當成自己的第一步。

……結果現在，那故事竟出版成書了。

教人驚訝的是，『成為小說家吧』的讀者們很中意《世界盡頭的聖騎士》的故事。

沒有什麼充滿魅力的女孩子登場，有如把古老的奇幻作品攪在一起煮出來的這部小說，竟然以驚人的速度竄上排行榜，受到出版社改編成書籍的邀約。

前文提到的那名朋友也在這時期確定出道成為作家——不知不覺間我就像是追在那名朋友之後，以萬萬沒想到的形式跳進自己目標的世界中了。

人生究竟會發生什麼事情，真的難以預料。

而就在接受改編書籍的邀約後過了一段時間，我接到責任編輯打來的電話。

「我們在進行一項類似『共同世界作品』的企劃。」

「嗯？那聽起來不錯啊。」

「請問柳野老師要不要也寫寫看？」

「（大概是給新人機會稍微插一腳之類的吧？）既然是難得的機會，請務必讓我參加。那麼請問我在企劃中擔綱的部分是？」

「主軸故事。」

「啥？」

「主軸故事。」

「（無言）」

……人生究竟會發生什麼事情，真的難以預料。

就這樣，不知道為什麼跟著『世界盡頭的聖騎士』這本書一起，名為『Arcadia Garden』的共同世界作品決定在同月同日出版了。

這是一項由十名作家合力創造出一個世界的宏大企劃，請讀者務必連同『聖騎士』一起多多支持。

如此這般，在許多人的幫助之下，才有了今天的我。

我也是第一次寫所謂的致謝文章——

致網路版的各位讀者大人們。在各位的溫馨支持鼓勵下，我總算走到這一步了。

致眾多TRPG的夥伴們，以及那些可愛的人物們。

與大家一起冒險的每一段回憶，都化為了讓我能夠克服困難的力量。

致包含本篇後記中拿來當話題的K老師在內的創作夥伴們。

真的非常感謝大家總是願意閱讀我的作品並提出感想，甚至還幫忙想了各種點子。

致我家附近的圖書館以及館內陳列的大量書籍與影片。

謝謝你們告訴了我各種知識。我想我總算多少可以回報恩情了。

提供本書美麗插圖的輪くすさが老師，我怎麼感謝也感謝不盡。

由老師描繪封面的『SWORD WORLD 2.0』是讓我回憶良多的TRPG。

負責本作品的編輯大人，以及OVERLAP編輯部的各位同仁。

參與本書印刷、宣傳、販賣等事務的所有人員。

還有此刻閱讀本書的您——謹讓筆者致上由衷的感謝。

二〇一六年二月　柳野かなた

浮文字

世界盡頭的聖騎士 I 死者之街的少年

（原名：最果てのパラディンI　死者の街の少年）

著　者／柳野かなた　封面插畫／輪くすが　譯者／陳梵帆
榮譽發行人／黃鎮隆　總經理／陳君平
協理／洪琇菁　國際版權／黃令歡、梁名儀
執行編輯／楊國治　美術編輯／李政儀
企劃宣傳／楊玉如、洪國瑋
出　版／城邦文化事業股份有限公司　尖端出版
台北市中山區民生東路二段一四一號十樓
電話：(〇二)二五〇〇七六〇〇　傳真：(〇二)二五〇〇二六八三
E-mail：7novels@mail2.spp.com.tw
發　行／英屬蓋曼群島商家庭傳媒股份有限公司城邦分公司　尖端出版
台北市中山區民生東路二段一四一號十樓
電話：（〇二）二五〇〇一七六〇〇（代表號）
傳真：（〇二）二五〇〇一一九七九
中彰投以北經銷／楨彥有限公司
（含宜花東）　電話：（〇二）八九一九一三三六九
傳真：（〇二）八九一四一五五二四
雲嘉經銷／智豐圖書股份有限公司　嘉義公司
電話：（〇五）二三三一三八五二
傳真：（〇五）二三三一三八六三
南部經銷／智豐圖書股份有限公司　高雄公司
電話：（〇七）三七三一〇〇七九
傳真：（〇七）三七三一〇〇八七
一代匯集／香港九龍旺角塘尾道六十四號龍駒企業大廈十樓B &D室
電話：（八五二）二七八三一八一〇二
傳真：（八五二）二七八二一一五二九
馬新經銷／城邦（馬新）出版集團Cite (M) Sdn. Bhd.
E-mail：cite@cite.com.my
法律顧問／王子文律師　元禾法律事務所
台北市羅斯福路三段三十七號十五樓
二〇一七年四月一版一刷
二〇二一年十月一版五刷

■中文版■

郵購注意事項：
1.填妥劃撥單資料：帳號：50003021戶名：英屬蓋曼群島商家庭傳媒(股)公司城邦分公司。2.通信欄內註明訂購書名與冊數。3.劃撥金額低於500元，請加附掛號郵資50元。如劃撥日起 10～14日，仍未收到書時，請洽劃撥組。劃撥專線TEL：(03)312-4212 ・ FAX：(03)322-4621。E-mail：marketing@spp.com.tw

國家圖書館出版品預行編目資料

世界盡頭的聖騎士. I, 死者之街的少年 / 柳野か
なた作 ; 陳梵帆譯. -- 1版. -- [臺北市] : 尖
端出版 : 家庭傳媒城邦分公司發行, 2017.04
面 ; 公分
譯自 : 最果てのパラディン. I, 死者の街の少年
ISBN 978-957-10-7313-2(平裝)

861.57 106002402